KB131808

칭찬의 힘

칭찬의 힘

이창호 지음

해피&북스

말 한 마디, 칭찬 한 마디가 인생을 결정한다

인생은 만남의 역사라고 한다. 어떤 사람과 만나는가에 따라 우리의 인생은 달라진다.

매일 매일의 생활 속에서 뜻 없이 주고받는 우리의 말 한 마디가 주위사람들에게 다양하게 영향을 미쳐 인간관계를 따뜻하게도 하고 차갑게도 한다. 그런 의미에서 볼 때, 사람과 사람의 연결은 서로의 커뮤니케이션으로부터 시작된다고 해도 과언이 아니다.

사람들의 성공 여부는 말에 달려 있다. 어려운 일도 말 한 마디 잘해서 성공시키는 경우가 있는가 하면, 쉬운 일도 말 한 마디 잘못해서 그르치는 경우 또한 빈번하다.

말은 우리 인생의 방향을 결정하는 열쇠이고, 우리 삶의 모습을 그려가는 붓이다. 말이 인도하는 대로 우리는 가고 있고, 말이 서는 곳에서 우리는 서게 된다.

'알버트 아인슈타인' 하면 모르는 사람이 없을 것이다. 많은 사람들은 그를 20세기가 낳은 최고 천재 중 한 사람이라고 말한다. 그러나 그의 학창 시절을 보면 그는 결코 천재가 될 자격이 없는 사람이었다.

그의 고등학교 생활기록부에는 담임선생님의 날카로운 지적이 생생히 적혀 있었다.

"이 학생은 무슨 공부를 해도 성공할 가능성이 없습니다."

이러한 내용이 적힌 성적표를 받아든 아인슈타인의 어머니는 실망하기는커녕, 낙담해하는 아들을 달래주며 이렇게 격려해 줬다.

"아들아, 너는 다른 아이와 다르단다. 네가 다른 아이와 같다면 너는 결코 천재가 될 수 없어."

아인슈타인의 담임선생님은 그의 천재성을 알아보지 못했지만, 그의 어머니는 아인슈타인의 가능성과 미래를 보았던 것이다.

아인슈타인은 어머니의 격려에 자포자기하는 대신 도리어 용기를 얻었으며, 자기에게 주어진 재능을 발휘할 수 있는 기회를 기다리며 묵묵히 학문에 매진했다.

그 결과, 아인슈타인은 20세기가 낳은 최고의 천재 중 한 사람으로 우뚝 서게 되었다.

사람을 가장 기분 좋게 하는 것이 바로 칭찬이다. 인간은 누구나 칭찬을 받고 싶어 한다.

 이제 우리는 우리나라와 전 세계에 나가 칭찬을 전하고 실천해야 한다. 또한 칭찬의 길을 묻는 오늘의 모든 이에게 참 삶의 칭찬을 이야기하고, 그 어떤 것이라도 칭찬으로 엮어야 한다. 그리고 소리 없이 흐르는 강물처럼 온 누리에 칭찬이 퍼지기를 기대해야 한다.

 마지막으로 이 책이 나올 수 있도록 배려해 주시고 정성껏 출판해 주신 이규종 사장님과, 진심어린 격려와 함께 별빛같이 따사로운 조언을 아끼지 않은 그레이스에게 큰 감사의 마음을 전한다.

 이 한 권의 책이 독자 여러분의 만족과 기쁨을 배가시켜 주기를 바란다.

대한민국 수도 서울에서
이 창 호

□ 차 례

2부 · 설득과 대화의 기술

3부 · 자녀를 성공시키는 한 마디 말

1부

칭찬의
효과와 방법

☑ 한 마디의 칭찬이 감동을 준다
☑ 효과적으로 말하는 칭찬 스피치
☑ 칭찬을 통한 언어기법
☑ 전문가가 이야기하는 칭찬의 기술

한 마디의 칭찬이 감동을 준다

1. 칭찬의 힘

칭찬이라는 단어를 사전에서 찾으면 '잘한다고 추어주는 것, 또는 그러한 말, 좋은 점을 일컬음, 미덕을 찬송하고 기림'이라고 되어 있다. 즉 칭찬이란 '장점을 찾아 말해주는 것'이라고 요약할 수 있다.

① 칭찬은 인정하는 것이다

사람을 인정하는 방법에는 여러 가지가 있지만 가장 빠르고 효과적인 방법이 칭찬이다.

우리는 많은 사람들 속에서 관계를 맺으며 살아가는데, 일반적으로 타인으로부터 자신의 존재를 인정받을 때 성공적인 인간관계를 형성했다고 받아들인다. 또한 자신을 인정해 주는 사람들과 더불어 살아갈 때 기쁨과 보람을 느낀다.

그 이유는 '인정한다'는 말 자체가 '신뢰한다'는 말의 의미를 갖고 있기 때문이며, 이는 우리가 신뢰받는 존재가 되고 싶다는 뜻과 일맥상통하기 때문이다.

따라서 그 관계가 어떠한지에 따라, 상대방이 자신을 어떻게 대하느냐에 따라, 우리가 갖는 기대치가 달라질 수밖에 없는 것이다.

어떤 심리학자가 재미있는 실험을 했다.

학교 선생님에게 한 반에서 5명의 학생을 임의로 선택한 다음, 선택된 학생들에게만 일부러 계속해서 칭찬해 주라고 주문했다.

"너, 요새 보니까 공부하는 자세가 많이 좋아졌어! 공부에 재미를 붙인 것 같구나! 너 이제 틀림없이 성적이 오를 거야. 내가 장담하지!"

그러면서 선생님에게도 그 사실을 애써 믿도록 했더니, 나중에 그 학생들의 성적이 실제로 향상되었다는 것이다.

그것을 심리학에서는 '피그말리온 효과(Pygmalion effect)'라고 부른다.

피그말리온은 그리스 신화에 나오는 키프로스 왕의 이름이다. 그는 왕궁에 있는 미녀 조각상을 보고 반해 버렸다.

그는 마치 사람인 것처럼 조각상을 사랑했다. 하늘에 있는 신이 그 모습을 보고 감동을 받아, 그 조각상에 생명을 불어넣었다. 그래서 사람이 되게 했다는 것이다.

누군가 내게 좀 부족한 듯 보일 수도 있다. 그러나 그를 믿어주고 칭찬해 주면 실제로 그렇게 된다는 것이다. 그것이 바로 피그말리온 효과이다.

상대방을 인정해 주고 중요한 존재로 느끼게 만드는 힘, 이것이 바로 칭찬이다.

② 칭찬은 진실한 마음이다

우리는 세상에서 목마름을 느낀다. 그것은 우리가 원하는 것을 얻을 수 없기 때문이다.

자신의 이익을 위해 다른 사람은 돌아보지 않는 이 세상에서 우리는 조금씩 메말라 가고 있으며, 가뭄으로 어떠한 열매도 맺을 수 없는 땅과 같이 우리의 마음은 황폐해져 가고 있다.

하지만 진실한 마음에서 우러나온 칭찬은 메마른 삶에 행복을 불러온다.

안데르센 동화 중에 농부와 '잘했어요!'라는 말을 잘하는 아내 이야기가 나오는데, '칭찬의 힘'이 어떤 것인지를 단적으로 보여준다.

『 어느 날, 외출 채비를 한 농부가 아내에게 말했습니다.
"여보! 오늘 말을 갖고 장에 가서 좋은 것으로 바꿔 올게."
그러자 아내가 남편을 다정하게 바라보며 대답했습니다.
"잘 생각했어요. 좋은 것으로 바꿔 오세요."
이 농부는 말을 몰고 장으로 향했습니다.
가는 길에 소를 가진 사람을 만났습니다. 그가 소 자랑을
늘어놓자, 그의 말을 들은 이 농부는 말을 소와 얼른 바꿨습
니다.
소를 끌고 가는 중에 이번에는 양을 가진 사람을 만났습니
다. 그가 양 자랑을 늘어놓자 농부는 다시 소를 양과 바꿨습
니다.
양을 데리고 한참을 걷는 중에 거위를 가진 사람을 만났습
니다. 그가 거위가 좋다고 하니까 이 농부는 다시 양을 거위
와 바꿨습니다.
거위를 이끌고 가던 농부는 암탉을 가진 사람을 만났는데,
그가 암탉이 알도 잘 낳고 수입도 좋다고 하니까 다시 거위를
암탉과 바꿨습니다.
암탉을 안고 가다가 썩은 사과 한 봉지를 가진 사람을 만
났는데, 그가 사과가 맛있다고 하니까 그 썩은 사과 한 봉지
와 암탉을 바꿨습니다.

농부는 흐뭇한 마음으로 썩은 사과 한 봉지를 가지고 집으로 향했습니다.

돌아오는 길에 피곤을 느낀 농부가 잠시 주막에 들렀는데, 그때 주막에서 한 귀족이 쉬고 있었습니다.

농부가 썩은 사과를 보여주며 장에 다녀온 이야기를 하자, 이야기를 다 들은 귀족이 말했습니다.

"아마 당신 아내는 틀림없이 화를 낼 겁니다."

그러자 농부가 대답했습니다.

"아니에요. 제 아내는 틀림없이 '잘했어요. 훌륭해요'라고 할 겁니다."

그러자 귀족이 어이없어하며 말했습니다.

"당신의 아내가 정말 그렇게 말한다면, 내가 지금 가지고 있는 금화를 다 주겠소."

그리하여 농부는 내기를 한 귀족과 함께 집으로 돌아왔고, 아내에게 하루 동안 있었던 일을 빠짐없이 들려줬습니다.

그러자 남편의 말을 다 들은 농부의 아내가 이렇게 말했습니다.

"참 잘했어요. 당신은 정말 훌륭해요."

그 장면을 물끄러미 바라보고 있던 귀족이 말했습니다.

"이런 가정이라면 내가 가진 돈을 전부 줘도 아깝지 않다."

그러면서 귀족은 자기 돈주머니를 그 집에 내려놓고 돌아갔습니다. 』

대부분의 사람들은 남을 칭찬하는 것에 무척 인색하지만, 칭찬받는 것을 싫어하는 사람은 아무도 없을 것이다.

　상대방이 부족한 모습을 보이더라도, 악한 동기에서 비롯된 것이 아니라 연약성에서 비롯된 것이라면 '잘했어요. 훌륭해요'라고 격려와 칭찬을 아끼지 말아야 한다.

　사람을 관리하거나 통솔할 때도 잘잘못을 따지는 것보다 따뜻하게 받아들여주는 태도가 훨씬 효과적임은 두말할 나위가 없다.

　식당에서 식사한 후에 '맛있게 잘 먹었습니다'라는 한 마디가 식당 종업원의 피로를 잊게 하고, 다음번에 보다 나은 서비스를 하겠다는 의욕을 갖게 한다.

　이렇듯 칭찬은 영혼의 피로를 말끔히 가시게 하는 활력소이며, 사람의 마음을 열어 내일의 축복을 불러오게 하는 효과적인 도구이다. 뿐만 아니라, 무엇보다도 칭찬은 칭찬하는 사람 자신을 행복하게 해준다.

　사람의 마음을 움직이게 하는 힘, 이것이 바로 칭찬임을 명심하자.

　③ 칭찬은 사람을 성장시킨다

　한 포기의 풀이 자라는 데 따스한 햇볕이 필요한 것처럼,

한 인간이 건전하게 성장하는 데는 칭찬이라는 햇볕이 필요
하다.

칭찬의 말을 들으면 일단 기쁨을 느끼지만, 칭찬이 주는
의미는 그 이상이다.

칭찬을 받으면 자신이 높이 평가받고 있다는 자긍심과
함께 이제까지 자신이 깨닫지 못했던 능력이 있음을 확인하
게 된다. 그리고 더욱 분발해야겠다는 마음을 가지면서, 서
서히 일에 재미를 느껴 능동적으로 행동하게 된다.

칭찬은 미처 깨닫지 못했던 마음에 용기와 열정을 불어넣
어 새로운 꿈을 꾸게 하고, '하면 된다'는 가능성을 심어주는
마법 같은 것이다.

그렇듯, 칭찬은 사람을 성장시키는 비결이며 힘인 것이다.

『 미국의 테네시 주 맥민빌에 한 흑인소년이 살고 있었다.
소년의 집안은 매우 가난했다.

"엄마랑 구구단을 외워볼까?"

소년의 부모는 책 한 권도 제대로 사주지 못하는 형편이었
지만, 힘든 일을 마치고 돌아오면 소년과 함께 공부하는 것을
잊지 않았다.

그렇게 공부한 소년은 뒷날 미국에서 가장 유명한 흑인
언론인으로 성장하였다.

그는 자신이 가난을 극복하고 최고의 언론인이 될 수 있었던 것에 대해 이렇게 말했다.

"한 푼 두 푼 아껴서 먹을 것을 마련하는 사람들은 책 한 권도 마음 놓고 사지 못합니다. 하지만 우리 부모님은 나에게 교과서만이라도 사주기 위해 최선을 다하셨습니다.

제가 지금 이렇게 당당한 어른으로 성장할 수 있었던 것은 책보다 더 훌륭하고, 어느 학원의 공부보다 더 큰 부모님의 칭찬 덕분입니다.

구구단을 함께 외우고, 받아쓰기를 함께하면서 부모님은 제게 늘 이렇게 말씀하셨습니다.

'학교에서 우리 아들보다 더 공부 잘하는 애는 없을 거야. 그렇지?'

부모님의 이러한 칭찬은 저 스스로를 존중하게 만들었고, 배움에 대한 마음을 북돋아주었습니다." 』

모두가 '이것은 아니야', '이것은 안 되겠는데', '이것은 우리의 힘으로는 할 수 없어'라고 이야기한다.

하지만 '그것은 맞아', '그것은 가능해', '그것은 너의 힘으로 충분히 할 수 있어'라고 이야기하는 칭찬의 말을 통해, 우리는 불가능해 보이는 일들을 이루어내는 놀라운 기적을 경험할 수 있게 된다.

모두가 안 된다고 하는 것을 거뜬히 해내게 하는 힘, 이것이 바로 칭찬이기 때문이다.

2. 말 한 마디의 애정 표현

"그걸 꼭 말로 해야 아나요?"

무뚝뚝한 부모 밑에서 자란 세대들인 요즘 부모들이 던질 만한 질문인 것 같다.

하지만 말이나 행동, 눈빛 등으로 표현해야만 자신의 뜻이나 생각을 상대방에게 전달할 수 있는 것이다. 특히 어린 아이들의 경우에는 그러한 표현이 보다 구체적이어야 함은 말할 것도 없다.

애정 표현에도 기술이 요구되는데, 이러한 기술은 평소 자주 연습하여 자신의 것이 되어야만 필요할 때 자연스럽게 구사할 수 있다.

적절한 말이나 행동으로 표현하는 칭찬에도 몇 가지 원칙이 있다. 그 원칙을 알아보자.

① 언어적 칭찬과 비언어적 태도가 일치해야 한다

말로는 '정말 잘했어'라고 하면서 얼굴이 딱딱하게 굳어 있거나 무표정하다면, 아이는 자신이 칭찬받았다고 느끼지 못할 것이다.

따라서 멋진 칭찬과 함께 환하게 웃는 얼굴, 따뜻한 포옹, 윙크, 엄지손가락을 위로 치켜 올리는 손짓 등으로 마음을 효과적으로 전달할 수 있는 비언어적인 칭찬이 필요하다.

② 칭찬받을 행동을 하면, 바로 그 자리에서 칭찬한다

아무리 훌륭한 칭찬이라 하더라도 시간이 지난 다음에 하면 효력이 줄어든다. 아이가 칭찬받을 만한 행동을 했을 때는 바로 그 자리에서 즉시 칭찬해 주는 것이 효과적이다. 칭찬엔 '다음'이나 '나중'이 없음을 명심하자.

③ 칭찬은 구체적이어야 한다

'넌 정말 훌륭하구나!', '넌 정말 착하구나' 하는 식의 칭찬은 듣기에는 좋지만, 아이로선 자기가 무엇 때문에 칭찬을 받았는지 알지 못한다.

또한 이런 식의 애매모호한 칭찬이 남발되면 아이는 더 이상 이런 말들을 칭찬이라고 여기지 않고 식상해 버린다. 때문에 칭찬은 구체적으로 하는 것이 좋다.

'엄마 심부름을 이렇게 잘하다니 정말 어른스러운 걸! 엄마는 네가 정말로 자랑스럽단다'라는 식으로, 칭찬받을 만한 아이의 행동을 구체적으로 언급한 다음 그에 대한 칭찬을 해주도록 하자.

"난 네가 ○○○일 때가 정말 좋단다."

"네가 ○○○○할 때 정말 멋있다는 거 아니?"

"와, 정말 훌륭한데! 네가 이걸 해내다니, 정말 대단해."

"네가 ○○○한 것은 정말 기발한 방법이었어."

"참 잘했어! 계속 그렇게 하는 거야."

"네가 ○○○○를 해내다니……. 엄마는 네가 정말 자랑스럽구나."

④ 핀잔 섞인 칭찬은 하지 않느니만 못하다

예를 들어, '방 정리를 다 했구나. 그런데 왜 전에는 이렇게 하지 않았었니?'라는 식으로 칭찬한 다음에 토를 단다면, 그것은 칭찬이 아니다.

이왕 칭찬하려고 마음먹었다면, 아이가 잘한 부분에 대해서만 집중적으로 이야기하는 것이 바람직하다.

⑤ 칭찬 자체에 인색하지 말자

아이들은 칭찬을 먹고 자라난다. 칭찬을 먹고 자라난 아이들은 자신감을 배우게 된다.

적절한 통제나 한계 없이 무조건적으로 과보호하면서 아이에게 끌려가면, 버릇없고 의존적인 아이로 자라기 십상이다. 그러나 부모가 일관적이고 단호한 태도를 유지하면서 아이의 작은 시도나 성공을 인정하고 격려해 주면, 아이는 책임감과 자신감을 배우게 마련이다.

　아울러 부모에게 인정과 격려를 받으며 자란 아이는 자신감과 책임감으로 무장되어 있기 때문에 부모 곁을 떠나 세상에 나갔을 때도 두려움 없이 적극적으로 대처할 수 있는 용기를 갖게 된다.

　아이를 칭찬할 때는 말로만 하지 말고, 다정하게 안아주기, 뽀뽀해 주기, 볼 맞대고 비비기 등으로 애정표현을 적극적으로 하는 것이 효과적이다.

　⑥ 무조건적인 사랑을 경험하게 해주자

　아이의 행동에 대한 구체적인 칭찬은 아이에게 긍정적인 행동을 강화시켜 주는 좋은 자극제가 될 뿐 아니라, 자신의 존재만으로도 부모가 기뻐하고 행복해한다는 자긍심을 갖게 해준다.

　이러한 무조건적인 사랑의 표현은 아이에게 정서적인 안정감을 갖게 해주며, 사람에 대해 기본적인 신뢰감을 형성하게 해주는 밑거름이 된다.

"네가 있다는 것만으로도 엄마는 너무나 행복하단다."

"네가 엄마 아들이라는 게 엄마는 얼마나 자랑스러운지
몰라."

"엄마는 너를 정말로 사랑해."

"엄마에게 가장 소중한 사람은 너란다."

Power Point

한 마디의 칭찬이 감동을 준다

1. 칭찬의 힘
① 칭찬은 인정하는 것이다.
② 칭찬은 진실한 마음이다.
③ 칭찬은 사람을 성장시킨다.

2. 말 한마디의 애정 표현
① 언어적 칭찬과 비언어적 태도가 일치해야 한다.
② 칭찬받을 행동을 하면, 바로 그 자리에서 칭찬한다.
③ 칭찬은 구체적이어야 한다.
④ 핀잔 섞인 칭찬은 하지 않느니만 못하다.
⑤ 칭찬 자체에 인색하지 말자.
⑥ 무조건적인 사랑을 경험하게 해주자.

효과적으로 말하는 칭찬 스피치

속이 빤히 들여다보이는 칭찬일지라도 그 칭찬을 듣는 사람은 즐겁다.

중년 부인들이 만나면 서로 예뻐졌다고들 야단이다. 자세히 뜯어보면 별로 예쁜 구석도 없는데 서로들 예뻐졌다고 하면서 좋아한다.

처음에는 인사말로 생각해 그냥 웃어넘기다가도 옆에서 거드는 사람들이 늘어나면 '이게 인사말만은 아니구나' 하는 생각이 들기 시작한다.

그러면 칭찬은 어떻게 하는 것이 효과적일까? 무턱대고 추켜세우면 되는 것인가?

그렇지 않다. 칭찬을 제대로 하려면 많은 노력과 훈련이 뒤따라야 한다. 그리고 칭찬 스피치에는 나름대로의 방법이 있음을 알아야 한다.

1. 효과적인 칭찬이란?

① 사람이나 상황에 따라 칭찬의 효과가 달라진다

십여 년을 같이 살아 온 남편이, 그것도 습관적으로 칭찬을 하게 되면 별 감흥을 느끼지 못할 것이다. 칭찬은 이해관계가 없다고 생각하는 사람한테 들을 때 더 맛이 나는 법이기 때문이다.

만약 이해관계가 얽혀 있는 사람에게서 칭찬을 듣게 되면 저변의 의도가 무엇인지부터 찾게 마련이다. '용돈이 필요한가?', '뭐 켕기는 구석이 있는가?'를 먼저 떠올리기 때문에 칭찬을 액면 그대로 받아들이는 것이 쉽지 않다.

그래서 칭찬의 효과는 의외의 상황에서, 그것도 예상치 못했던 사람에게서 받았을 때 더 크게 나타난다.

다른 부서의 여사원이 우연히 만난 자리에서 "과장님의 옷맵시는 언제 봐도 산뜻해요"라는 말을 건네오면, 책 팔러 온 세일즈맨이 하는 의례적인 인사말과는 사뭇 다른 느낌을 받게 된다.

그런가 하면 똑같은 칭찬이라도 제3자를 통해 건네 들었을 경우, 직접 들은 것보다도 더 기분이 좋아진다. 면전에서 듣는 칭찬도 나쁘지 않지만, 제3자에게서 전해들은 칭찬이 더욱 감동적인 것은 그것이 바로 칭찬의 속성이기 때문이다.

② 매사 칭찬만 하면 신뢰감이 떨어진다

칭찬을 많이 해준다고 해서 늘 좋아하는 것은 아니다. 사람들은 누구에게나 습관적으로 칭찬하는 사람에게서 칭찬을 받을 경우, 그것은 단지 겉치레에 불과하다고 생각한다.

아론손과 린다라는 심리학자는 남들이 자신에 대해 이야기하는 것을 엿들을 수 있는 상황을 만들었다. 그리고 자신에 대해 대화하는 사람들에 대한 인상을 어떻게 평가하는지를 연구했다.

대화의 흐름을 네 가지로 변형시켜 제시했다.

첫 번째 조건에서는 처음부터 끝까지 엿듣는 사람을 계속 칭찬하게 했다. 두 번째 조건에서는 처음부터 끝까지 비난하는 말을 하도록 했다. 세 번째 조건은 처음에는 비난을 하지만 결론적으로는 칭찬을 하는 상황으로 만들었다. 마지막 조건에서는 처음에는 칭찬으로 시작하지만 비난하는 것으로 끝내게 했다.

그렇다면 엿듣는 사람이 가장 호감을 느끼는 것은 어떤 조건일까?

얼핏 보기에는 처음부터 시종일관 칭찬만 하는 사람을

좋아할 것 같지만, 사람들은 세 번째 조건의 사람을 가장
좋아했다.

부분적으로는 결점을 거론하지만, 장점이 많다고 결론을
내리는 사람이 더 믿을 만하다고 생각하기 때문이다.

③ 요령, 그것 이상이 필요하다

비난이 포함되는 칭찬이 효과가 있다고 해서 아무렇게나
비난을 해도 된다는 이야기는 아니다.

비난할 때, 상대방의 자존심에 결정적인 타격을 주게 되면
나중에 아무리 멋들어지게 칭찬을 한다고 해도 그 효과가
나타나지 않는다.

수습할 수 없을 정도로 허를 찌르거나 치명적으로 모욕을
안겨주는 비난은 삼가는 것이 좋다. 너무 가혹한 비난 다음
에 주어지는 칭찬은 단지 비난을 무마하려는 인사치레로
해석되기 때문이다.

요령이 없어서 오해를 사는 경우가 종종 있게 마련이다.
비난만 할 생각이 아니었는데도, 상대방이 내가 한 말로 인
해 상처를 받아 돌이킬 수 없는 사이가 되어버리는 경우도
있다.

상대의 마음을 움직이기 위해서는 칭찬을 효과적으로 할

수 있는 요령이 필요하다.

그러나 잘하지도 못한 것을 무조건 잘했다고 거짓말을 하거나 과장해서 칭찬하는 것은 금물이다. 왜냐하면 사람들은 언젠가는 그리고 어떤 방식으로든 그것이 거짓임을 알아차리게 될 뿐더러, 거짓으로 칭찬하는 사람을 믿지 않게 되기 때문이다.

그러기에 상대의 장점 또는 잠재력이 무엇인지를 진지하게 그리고 다각적으로 찾으려는 노력이 무엇보다도 중요하게 요구되는 것이다.

2. 효과적인 칭찬 방법 8가지

① 구체적으로 칭찬해라

모호하고 추상적인 칭찬에 비해 구체적이고 분명한 칭찬이 상대의 마음을 움직인다.

'자네는 괜찮은 사람이야'라는 말보다는 '자네의 기안문은 간결하고 설득력이 있어. 특히 이런 문장은 참으로 좋아'라는 말이 더 효과적인 칭찬이다.

모호한 칭찬은 자신이 무슨 이유로 칭찬받는지를 분명히 알지 못하기 때문에 신뢰성이 떨어진다.

② 간결하게 칭찬해라

말이 길어지면 처리해야 할 정보 또한 그만큼 많아진다. 그것이 비록 칭찬일지라도 말이 길어지면 듣는 사람을 짜증나게 한다.

진지하고 간결하게 칭찬하는 것이 더 깊은 인상을 주며 기억에도 오래 남는다.

③ 남 앞이나 제3자에게 칭찬해라

사람들은 누구나 자기를 자랑하고 싶어 한다. 단지 쑥스럽고 어색해서, 그리고 속보일까봐 자제할 뿐이다.

남 앞에서 칭찬을 하거나 제3자에게 간접적으로 칭찬을 전달하는 것은 칭찬받는 기쁨과 자랑하고 싶은 욕심 두 가지를 모두 충족시킬 수 있다.

④ 사소한 것을 칭찬해라

칭찬에 인색하게 되는 것은 사소한 장점을 무시하기 때문이다. 큰일에 대해서만 칭찬하려고 작정하면 칭찬할 기회를 한 번도 만들지 못할 수도 있다.

남들이 보지 못하는 사소한 장점들을 찾아 칭찬을 해주었을 때 의외의 효과가 나타난다.

⑤ 당사자 주변의 인물을 칭찬해라

집에서는 미워하던 가족도 남이 욕을 하면 듣기 싫다. 자존심은 자신의 능력이나 외모에만 국한되는 것이 아니라, 자신이 속한 집단에도 해당되기 때문이다. 따라서 상대방이 자신의 가족이나 집안을 가치 있게 평가해 주면 기분이 좋아지는 것은 당연하다.

'내가 거래했던 사람 중 한 명이 자네와 같은 학교 출신이던데, 보기 드물게 신뢰감이 가고 호감이 가더군'이라는 말을 듣거나 '지난번 부장님 댁에 갔을 때 사모님이 참 자상한 분이라는 것을 느꼈어요'라는 말을 들으면, 분명 자신이 칭찬받지 않았음에도 기분이 흐뭇해지는 것처럼, 상대방의 주변 인물을 칭찬해 주는 것이 효과적이다.

⑥ 우연 그리고 의외의 상황에서 칭찬해라

대인관계를 원만하게 유지하는 사람들은 필요할 때만 사람을 찾지 않는다.

평소에는 인사 한 번 공손하게 하지 않던 부하직원이 진급 심사 직전에 찾아와 무엇을 부탁하거나 공치사를 했을 때 기분 좋아할 사람은 아무도 없다.

속셈이 들여다보이는 칭찬을 하는 사람보다는 우연히 마

주쳤을 때 '지난번 사보에 실린 글을 보고 느낀 바가 많았어요'라고 하면서 자신의 감정을 진솔하게 전하는 사람이 더 호감을 산다.

⑦ 상대에 따라 칭찬 내용이나 방법을 달리해라

말단 신입사원이 상사에게 '전무님 참 똑똑하네요. 어떻게 그런 생각을 할 수 있어요?'라고 말하는 것을 듣고 기분 좋을 사람은 없을 것이다.

이런 칭찬을 들으면, 대부분의 경우 '감히 네가 나를 똑똑하다고 할 자격이 있어?'라는 생각을 하며 불쾌해할 것이다.

따라서 상대나 상황에 따라서 칭찬의 내용이나 표현방식을 달리하는 것이 바람직하다.

⑧ 결과뿐 아니라 과정과 노력에 대해서도 칭찬해라

칭찬을 효과적으로 하지 못하는 사람들의 공통적인 특성 중 하나는 일의 결과에만 집착하는 것이다.

이전보다 나아진 결과가 있을 때만 칭찬하려고 마음먹으면 칭찬거리를 찾기가 어려울 뿐 아니라, 상대방에게 부담만 가중시키는 결과를 낳게 된다.

설령 뛰어난 실적을 올리지 못했다 하더라도, 일을 하는

과정에서 쏟은 열정과 노력에 대해 칭찬하면 상대는 용기를
갖고 더욱 열심히 노력하게 될 것이다.

3. 칭찬의 원칙

행동주의의 학습 이론에서 밝혀진 강화의 원칙, 즉 칭찬의
원칙을 함께 살펴보자.

① 칭찬의 경험성

칭찬이나 벌은 그것이 아동의 행동에 미치는 실제적인
영향력에 따라 결정되어야 한다. 어떤 아이에게는 칭찬인
것이 다른 아이에게는 전혀 그렇지 않은 것일 수도 있기
때문이다.

일반적으로 '좋은' 칭찬 자극으로 인정되는 것이라도 특정
아동의 목표 행동을 증가시키지 못한다면, 그것은 그 대상에
게는 칭찬 자극이 아닌 것이다.

어떤 것이 칭찬이 되고 벌이 되는지를 추측으로 결정할
수는 없다. 어떤 자극이 대상 아동의 행동에 실제로 어떤
영향을 주는지를 — 증가시키는지, 감소시키는지 — 경험적
으로 확인해야만, 그것이 칭찬인지 벌인지 알 수 있다.

② 칭찬의 즉각성

아동이 칭찬받을 만한 행동을 했을 때, 가능한 한 빨리 칭찬해 주는 것이 효과적이다. 이것은 칭찬에만 해당되는 것이 아니라 벌을 줄 때도 마찬가지로 적용된다.

칭찬이나 벌은 지체되면 될수록 그만큼 효과가 더 떨어진다. 따라서 칭찬은 바람직한 목표 행동이 일어난 즉시 해주도록 한다.

③ 칭찬의 적합성

칭찬은 바람직한 목표 행동에 직접 관련하여 행해져야 한다. 어떤 목표 행동이 설정되었다면, 그 목표 행동이 무엇인지를 정확히 규정한 다음 다른 행동이 아닌 바로 그 행동에 대해서만 칭찬하도록 한다.

이는 '칭찬의 즉각성'과도 밀접한 관련이 있다. 아동의 목표 행동 뒤에 바로 칭찬하지 않고 시간이 한참 지나서 칭찬하게 되면, 실제적으로는 바람직한 그 행동이 아닌 전혀 엉뚱한 행동에 대해 칭찬한 것처럼 보일 수도 있기 때문이다.

④ 칭찬의 일관성

칭찬 제공에는 일관성이 있어야 한다. 아동을 대하는 모든 사람들이 일관된 규칙에 따라 칭찬과 벌을 주어야만, 아동은 자기가 어떻게 행동해야 하는지에 대해 분명한 지침을 갖게 되어 불안감을 덜 느끼게 된다.

만약 아동의 동일한 행동에 대해 누구는 칭찬을 하는데 누구는 벌을 주거나, 또는 어떤 때는 칭찬을 하더니 또 다른 때는 벌을 준다면 아동은 큰 혼란을 느낄 것이다.

⑤ 칭찬의 충분성

칭찬의 양은 행동 변화를 위해 필요한 만큼 충분하게 주어 져야 한다. 일반적으로 어떤 새로운 행동을 처음으로 형성시 켜 주고자 할 때는 칭찬을 충분하게 자주 하는 것이 좋다.

아동에게 어떤 바람직한 행동을 새롭게 시작하게 하려면, 지금까지 그와 상반되는 부정적 행동에 대해 주어져 왔던 강화보다 더 크고 강하게 칭찬해주어야 한다. 그래야만 지금 까지 유지되었던 부정적 행동이 감소되고, 그 대신 바람직한 행동이 자리 잡을 수 있게 되기 때문이다.

⑥ 칭찬의 점진성

목표 행동에 이르기까지는 여러 단계가 있을 수 있다. 그 럴 경우 미리 엄밀한 계획을 세워 점진적으로 목표에 다가가는 전략이 필요하다.

　여러 가지 낮은 단계의 행동을 무시하고 바로 최종 목표 행동을 형성하려 하면 실패하기 쉽다.

　목표 행동에 이르는 여러 단계의 행동을 계열화하여, 한 단계에서 다음 단계로 보다 쉽게 옮겨갈 수 있게 하는 것이 최종 목표 행동에 도달하는 효율적인 방법이다.

효과적으로 말하는 칭찬 스피치

1. 효과적인 칭찬이란?
① 사람이나 상황에 따라 칭찬의 효과가 달라진다.
② 매사 칭찬만 하면 신뢰감이 떨어진다.
③ 요령, 그것 이상이 필요하다.

2. 효과적인 칭찬 방법 8가지
① 구체적으로 칭찬해라.
② 간결하게 칭찬해라.
③ 남 앞이나 제3자에게 칭찬해라.
④ 사소한 것을 칭찬해라.
⑤ 당사자 주변의 인물을 칭찬해라.
⑥ 우연 그리고 의외의 상황에서 칭찬해라.
⑦ 상대에 따라 칭찬 내용이나 방법을 달리해라.
⑧ 결과뿐 아니라 과정과 노력에 대해서도 칭찬해라.

3. 칭찬의 원칙
① 칭찬의 경험성
② 칭찬의 즉각성
③ 칭찬의 적합성
④ 칭찬의 일관성
⑤ 칭찬의 충분성
⑥ 칭찬의 점진성

칭찬을 통한 언어기법

1. 언어기법·1

① 무조건 달래지 말라

아이가 울거나 보챌 때, '아이구, 우리 아기 착하다. 울지
마'라고 하며 거짓 칭찬을 늘어놓으면, 버릇없는 아이로 자
라나거나 칭찬받기 위해 무조건 울면서 보채는 아이가 될
수도 있다.

② 착한 행동에는 열심히 칭찬해라

아이가 착한 행동을 했을 때 '그래, 잘했다'라고 짧게 말하
는 것은 효과가 떨어질 수밖에 없다. 그보다는 '엄마는 네가
착한 일을 해서 참 기뻐'라는 식으로 마음을 담아 기쁨을
표현한다.

③ 한 가지 일을 반복 칭찬하지 말라

아이가 칭찬받을 만한 일을 계속한다고 해서, 그때마다 칭찬을 반복할 필요는 없다. 효과 없는 칭찬이기 때문이다.

처음 인사를 할 때는 칭찬을 해주지만, 또 다시 인사를 할 경우까지 일일이 칭찬할 필요는 없다.

④ 아이의 특성에 맞추어 칭찬해라

칭찬해 주어서 기분 좋아하는 일은 아이마다 다르다. 따라서 한동안 아이를 관찰한 다음, 칭찬을 받아들일 수 있는 때와 장소, 사건을 살펴서 칭찬하는 것이 좋다.

⑤ 빈말로 칭찬하지 말라

건성으로 하는 칭찬은 무관심의 표현이다. 진심어린 눈빛으로 해주는 말 한마디가 효과적이다.

꾸중도 마찬가지다. 잘못했으면, 무엇을 잘못했는가를 구체적으로 지적하며 꾸짖는다.

⑥ 결과보다는 과정을 칭찬해라

'오늘은 어제보다 블록을 더 높이 쌓았네. 많이 노력했구나!' 하면서, 최선을 다하는 모습을 칭찬하는 것이 좋다.

⑦ 구체적으로 칭찬해라

아이의 그림을 보며 '잘 그렸다'가 아니라, '기린 목을 길게 그리니, 정말 기린 같다'라는 식으로 칭찬한다.

⑧ 긍정적인 부분을 먼저 얘기해라

컵을 깬 아이에게 '놀랐을 텐데, 침착하구나. 그러니까 컵은 항상 두 손으로 들어야지' 하며, 꾸중 전에 먼저 칭찬을 해준다.

⑨ 과장 칭찬하지 말라

낙서를 보고 '천재'라는 식으로 지나치게 과장해서 칭찬하면, 성장했을 때 정당한 비판에 화를 내거나 기가 죽을 수 있다. 또한 올바른 생각의 기준을 알지 못하게 될 수 있으므로 지나치게 과장하여 칭찬하는 것은 삼가도록 한다.

2. 언어기법 · 2

① 말이나 행동, 또는 글로 분명히 표현해라

표현되지 않은 사랑은 사랑이 아니며, 표현되지 않은 칭찬도 칭찬이 아니다. 그렇듯이, 드러내지 않고 마음으로만 하는 칭찬이나 두루뭉술하게 하는 칭찬도 칭찬이 아니다.

칭찬은 분명하게 표현되어야 하며, 또한 구체적으로 언급하는 것이 효과적이다. 아이의 성적표를 받아든 다음, '성적이 많이 올랐구나. 정말 수고했다'가 아니라, '성적이 참 좋아졌구나. 특히 영어 과목이 10점이나 올랐네!'라는 식으로 구체적으로 하는 것이 좋다.

② 칭찬은 타이밍이다

타이밍을 잃은 칭찬은 칭찬이 아니라 도리어 조롱으로 들릴 수도 있다. '이른 아침에 큰 소리로 그 이웃을 축복하면 도리어 저주같이 여기게 되리라'(잠언 27 : 14)는 성서 말씀처럼, 칭찬하는 데도 지혜가 필요하다.

어쭙잖은 칭찬은 오히려 역효과가 난다. 칭찬은 타이밍이다. 타이밍을 맞추도록 힘쓰라.

③ 칭찬할 때는 오직 칭찬만 해라

'한 번 한다고 하면 이렇게 잘하면서, 왜 그 동안은 그렇게 형편없었니?', '그건 참 잘한 일이야. 그러나 이건 잘못됐구나!' 하는 식으로 칭찬과 비판이 섞인 것은 칭찬이 아니다.

칭찬할 때는 오로지 칭찬만 해라.

④ 말로만 칭찬하지 말라

칭찬은 입으로만 하는 것이 아니다. 칭찬의 대상을 얼싸안 거나 어깨를 두드려주고, 손을 잡아주거나 박수를 치면서 칭찬해야 한다.

착 가라앉은 음성으로 칭찬한다면, 그것은 칭찬이 아니라 비꼬는 소리로 들릴 수도 있다.

⑤ 칭찬은 1절만 해라

아무리 좋은 소리라도 2절 3절 반복하면, 오히려 놀리거나 야유하는 소리로 들릴 수 있다.

칭찬은 타이밍을 맞추어 짧고 분명하게, 그리고 오래 기억 할 수 있도록 1절만 하라!

⑥ 칭찬거리를 찾아라

독사나 송충이라도 칭찬거리를 찾으면 얼마든지 칭찬할 것이 있다. 굼벵이도 구르는 재주가 있다고 하지 않는가? 하물며 사람인데, 칭찬하려고 마음만 먹으면 칭찬거리가 얼 마나 많겠는가.

칭찬은 관심과 인정이다. 관심을 가지고 바라보면, 칭찬거 리가 보이기 시작할 것이다.

⑦ 칭찬의 백미는 간접적인 칭찬이다

당사자가 없는 자리에서 진심으로 칭찬하는 것은 아부가 아니다. 물론 작전도 아니다. 진심이다.

누군가 당신을 좋게 평가하더라는 얘기를 들은 적이 있을 것이다. 그때, 기분이 어떠했는가?

칭찬은 눈앞에 두고 하는 칭찬보다 간접적인 칭찬이 훨씬 효과적이다.

'A가 그러는데, 당신이 이 분야에서는 최고라고 하던데요!'라는 소리를 들었을 때, A에 대한 당신의 감정이 어떠했는가?

이처럼 간접적으로 칭찬하는 것이야말로 칭찬의 백미다.

3. 언어기법 · 3

① 칭찬을 싫어하는 사람은 없다

마크 트웨인은 '좋은 칭찬 한 마디에 두 달은 활력 있게 살 수 있다'는 말을 했다. 칭찬을 들으면 누구나 기분이 좋아지고 활력이 생기기 때문일 것이다.

누군가를 칭찬한다는 것은 그 사람에 대해 그만큼 관심이 있다는 얘기인데, 당신은 주위사람들에게 얼마나 관심을 가지고 있는가? 또 다른 사람은 당신에게 얼마나 관심을 보인다고 생각하는가?

만약 누군가로부터 관심 받는 대상이 되고 싶다면 칭찬을 해라. 그 사람을 자기편으로 만들고 싶다면 더욱 세련되게 칭찬해라. 늘 하는 일상적인 행동을 칭찬하는 것은 물론이고, 새로운 것이 눈에 띌 때마다 바로바로 칭찬을 해라.

② 칭찬은 자기 자신을 업그레이드시켜 준다

칭찬하는 것에 대해 거부감을 느끼는 사람들이 있다. 그런 사람들은 특히 '윗사람에 대한 칭찬은 아부가 아니냐'는 논리를 갖고 있는 경우가 적지 않다.

하지만 그것은 자기가 마음먹기에 달려 있다. 칭찬을 한다는 것은, 오히려 내가 그 사람에 대해 어떤 식으로든 평가를 내렸다는 의미도 담겨 있다. 즉 타인을 칭찬함으로써 자신이 낮아진 것이 아니라, 상대방과 같은 위치에 놓이게 되는 것이다.

히딩크 감독은 무명의 선수를 선발한 후 조련할 때 칭찬을 적절히 활용했다. 즉 무명의 선수를 칭찬함으로써 그 선수에게 세간의 관심이 집중되게 했고, 그걸 계기로 선수 자신이 더욱 분발할 수 있게 했다.

그런 칭찬은 무명의 선수를 알리는 결과를 가져왔지만, 결국 자신의 선수 선발 능력을 알리는 계기가 되었다.

③ 칭찬은 적절한 타이밍이 중요하다

학창 시절, 어설프게 공부했는데 우연히 성적이 오른 경우가 있다. 그런데 부모님이 그 결과만 보고 칭찬을 아끼지 않았다면, 그 다음 시험 결과는 어떻게 되었을까? 그래서 칭찬은 적절한 타이밍이 중요하다고 하는 것이다.

때로는 삶의 활력소가 되기도 하지만, 때로는 추진력을 잃게도 만드는 것이 칭찬이라는 사실을 유념해야 한다.

칭찬을 하고 안 하고는 자유지만, 칭찬을 잘하고 못 하고는 능력이다.

남들이 다 박수를 쳐줄 때, 박수를 쳐줘야 하는 상황인지 한 발 물러서야 하는 상황인지를 정확하게 판단하는 것, 이것이야말로 칭찬 기술을 완성하는 마지막 단계이다.

4. 언어기법 · 4

오늘 하루 동안 만난 사람들 가운데 몇 사람에게 몇 번이나 칭찬을 했는가?

좋은 첫인상을 남기는 요소 중, 칭찬만큼 효과적인 것은 없다. 그런데도 대부분의 사람들은 칭찬하는 것에 인색하다. 그 이유가 무엇일까?

그것은 — 세상의 밝은 면을 보는 눈, 상대방의 장점을 빨리 파악하는 능력, 나를 낮추고 상대를 존중하는 겸손과 배려의 심성, 표현하는 용기 등 — 내면의 기초가 부실하기 때문이다.

진실이 담겨 있지 않은 칭찬은 한낱 말장난이나 입에 발린 말에 지나지 않는다. 칭찬을 했는데도 상대방이 기분 나빠한다거나 도리어 경계심을 갖는다면, 그것은 진실이 담겨 있지 않기 때문이다.

칭찬에서 중요한 것은 칭찬의 말 자체가 아니라 칭찬하는 마음과 그것을 표현하는 말투, 눈빛, 표정 등이다. 따라서 칭찬을 단지 요령이나 에티켓 정도로 알고 의례적으로 표현할 경우, 도리어 역효과를 가져올 수 있으므로 주의해야 한다.

만약 어떤 사람을 진심으로 칭찬하고 싶다면 누구나 인정할 만한 칭찬거리를 찾아야 한다. 막연하거나 형식적인 칭찬, 혹은 상투적이기까지 한 무성의한 칭찬을 듣고 좋아할 사람은 그리 많지 않기 때문이다.

어느 제약업체의 세일즈맨은 병원을 방문할 경우, 먼저

간호사가 환자를 대하는 태도를 관찰한 다음 의사에게 '간호사를 잘 채용하셨다'고 칭찬한다.

또 어느 광고 세일즈맨은 업체나 점포를 방문할 때 위치나 간판을 유심히 보곤 한다. 그런 다음 담당자와 대화를 나눌 때 상호는 누가 지었는지, 색깔은 누가 결정했는지, 위치 선정은 누가 했는지 등에 대해 묻고 칭찬을 아끼지 않는다.

누구를 만나든지 간에 상대방을 열린 마음으로 5초만 관찰하면 칭찬할 점 몇 가지는 쉽게 찾을 수 있다.

'인상이 좋으시네요'라는 상투적인 말보다는 '웃을 때 보이는 흰 치아가 참으로 인상적입니다'라고 말하면 상대방의 기분이 훨씬 좋아질 것이다.

그렇듯이, '안경이 얼굴과 잘 어울리네요. 혹시 단골로 이용하는 안경점이 있나요?'라고 구체적으로 칭찬하는 것이 효과적이다.

칭찬할 때 '당신의 어떠한 면이 나에게도 긍정적으로 영향을 미친다'라고 하면, 상대방은 더욱 흐뭇해한다.

예를 들어 '김 대리님 표정이 밝으니까 제 기분까지 덩달아 좋아집니다'라든지, '김 과장님처럼 ○○ 분야의 베테랑이신 분을 만나 영광입니다. 제가 배울 수 있는 기회가 될 것 같습니다' 등의 표현이 이에 해당된다.

상대방을 높여줌과 동시에 자신의 겸손함을 함께 보여주는 표현이기 때문에 더욱 진솔하게 들리는 것이다.

칭찬에 익숙해지기 위해서는 작은 일, 당연한 일부터 칭찬하는 습관을 들이는 것이 좋다. 예를 들어보면 다음과 같다.

"○○씨, 정말 약속시간을 잘 지키시네요."

"그런 취미를 가지고 계시다니 정말 부럽습니다."

"아이들이 참으로 귀엽습니다. 예의도 무척 바르군요."

"넥타이와 셔츠가 정말 잘 어울립니다."

"계속 미소를 지으시니까, 보는 것만으로도 기분이 좋습니다."

5. 언어기법·5

꼬마 손님과 함께 매장에 들어오는 엄마 고객을 보고, '안녕하세요? 아이 피부라곤 하지만 정말 예쁘네요'라고 직원이 말했을 때, '그래요? 다른 아이들도 그럴 텐데……'라는 반응을 보일 수 있다. 하지만 엄마의 입장에서는 자신의 자녀를 칭찬해 준 사람에 대해 긍정적인 마음을 가질 것이 분명하다.

말로는 '뭘요'라고 하면서도 속으로는 얼마나 으쓱해할 것인가. 이처럼 별로 작정하고 한 얘기는 아니더라도, 작은 칭찬 한 마디로 상대방의 하루를 빛나게 만들어줄 수 있다.

막상 칭찬을 하려고 하면 쑥스럽다고 느껴지는 사람의 경우, 너무 거창한 얘기로 칭찬하려고 한 것은 아닌지를 체크해 보라.

"글씨를 아주 잘 쓰시네요."

"스카프가 정말 잘 어울리십니다."

"요즘 이 목걸이가 유행이죠?"

"볼펜이 아주 특이한 디자인이네요."

"말씀하시는 것을 보니 여행을 많이 다니셨나 봐요."

칭찬의 소재를 찾으려면, 대화 도중에도 무궁무진하게 발견할 수 있다. 무신경하게 대화를 하기 때문에 칭찬의 소재가 없다고 느끼는 것뿐이다.

그렇다면 칭찬의 방법에는 어떤 것들이 있을까?

① 소유물 찬사법

"따님이 정말 귀엽네요. 가방을 보니 참 센스 있는 분이라고 느껴집니다."

▷ 직접적인 칭찬이 아닌, 자녀나 가족관계, 소지품 등을 거론하며 칭찬하는 방법이다.

② 비유 찬사법

"영화배우 고소영 씨하고 닮았다는 소리 많이 들으시죠?"

▷ 유명인사나 좋은 사물에 비유하여 칭찬하는 방법이다.
단, 비유의 대상은 누가 들어도 기분 좋은 것으로 해야 한다.

③ 감탄 찬사법

"와아! 역시……!"

▷ 상대방의 말에 감탄사와 함께 공감해 주는 방법도 효과
적이다.

④ 대담 찬사법

"고객님, 너무 아름다우세요."

▷ 사실과 약간 다르더라도, 지나치지 않다면 적극적으로
칭찬한다.

⑤ 사실 찬사법

"목소리가 참 좋습니다."

▷ 사실 그대로, 느낀 그대로 칭찬한다.

칭찬을 통한 언어기법

1. 언어기법 · 1
① 무조건 달래지 말라.
② 착한 행동에는 열심히 칭찬해라.
③ 한 가지 일을 반복 칭찬하지 말라.
④ 아이의 특성에 맞추어 칭찬해라.
⑤ 빈말로 칭찬하지 말라.
⑥ 결과보다는 과정을 칭찬해라.
⑦ 구체적으로 칭찬해라.
⑧ 긍정적인 부분을 먼저 얘기해라.
⑨ 과장 칭찬하지 말라.

2. 언어기법 · 2
① 말이나 행동, 또는 글로 분명히 표현해라.
② 칭찬은 타이밍이다.
③ 칭찬할 때는 오직 칭찬만 해라.
④ 말로만 칭찬하지 말라.
⑤ 칭찬은 1절만 해라.
⑥ 칭찬거리를 찾아라.
⑦ 칭찬의 백미는 간접적인 칭찬이다.

3. 언어기법 · 3
① 칭찬을 싫어하는 사람은 없다.
② 칭찬은 자기 자신을 업그레이드시켜 준다.

③ 칭찬은 적절한 타이밍이 중요하다.

4. 언어기법 · 4
대부분의 사람들이 칭찬에 인색한 이유는?
세상의 밝은 면을 보는 눈, 상대방의 장점을 빨리 파악하는
능력, 나를 낮추고 상대를 존중하는 겸손과 배려의 심성, 표현
하는 용기 등 내면의 기초가 부실하기 때문이다.

5. 언어기법 · 5
① 소유물 찬사법
② 비유 찬사법
③ 감탄 찬사법
④ 대담 찬사법
⑤ 사실 찬사법

전문가가 이야기하는 칭찬의 기술

1. 켄 블랜차드의 칭찬 10계명

<경호>의 저자인 경영 컨설턴트 켄 블랜차드는 칭찬의 10계명을 다음과 같이 제시한다.

① 칭찬할 일이 생겼을 때 즉시 칭찬해라.
② 잘한 점을 구체적으로 칭찬해라.
③ 가능한 한 공개적으로 칭찬해라.
④ 결과보다는 과정을 칭찬해라.
⑤ 사랑하는 사람을 대하듯 칭찬해라.
⑥ 거짓 없이 진실한 마음으로 칭찬해라.
⑦ 긍정적으로 관점을 전환하면 칭찬할 일이 보인다.
⑧ 일의 진척사항이 여의치 않을 때 더욱 격려해라.

⑨ 잘못된 일이 생기면 관심을 다른 방향으로 유도해라.

⑩ 가끔씩 자기 자신을 스스로 칭찬해라.

2. 스펜서 존슨의 1분 혁명

<누가 치즈를 옮겼을까>의 저자인 경영컨설턴트 스펜서 존슨은 '1분이라는 짧은 시간에 아이에게 꾸중하고 칭찬하는 방식으로 아이를 변화시킬 수 있다'고 말했다.

아이들의 행동이 올바르지 못할 경우, 처음 30초 동안 그들을 꾸짖되, 구체적으로 지적하고 아빠의 감정을 분명히 말해 준다. 그리고 10초 정도는 긴장감을 조성하기 위해 잠시 침묵한다. 그런 다음 나머지 20초 동안 감정을 가라앉히고 사랑을 표시한다. 아이의 행동은 잘못됐지만 아이 자체는 착하다는 암시를 줘야 한다. 이런 모든 것을 1분 안에 끝내야 한다.

1분 칭찬은 아이가 올바른 행동을 했을 때 30초 동안 그들의 행동에 대해 구체적으로 칭찬한다. 그리고 10초 동안 잠시 침묵을 유도하여 아이들이 흐뭇한 감정을 갖도록 한 뒤, 나머지 20초 동안 아이를 껴안아주는 등의 긍정적인 제스처를 취하면서 칭찬을 끝낸다.

스펜서 존슨은 이처럼 짧은 시간인 1분 동안에 아이를 크게 바꿀 수 있음을 강조하며 1분 혁명을 제안했다.

3. 심리학자들의 칭찬 기법

사람을 가장 기분 좋게 하는 것이 칭찬이며, 인간은 누구나 칭찬을 받고 싶어 한다.

칭찬받고 싶어 한다는 의미 속에는, 우리 사회에서 칭찬받는다는 것이 말처럼 쉽지 않다는 속내가 담겨 있는 것이다. 칭찬에 인색한 곳이 한국 사회인 까닭이다.

<LG 칼텍스>에서 최근 직원 600명을 대상으로 사내 설문조사를 했는데, 묘한 현상이 나타났다. 칭찬을 했다는 사람은 많은데 칭찬을 받았다는 사람은 극히 적었던 것이다. 칭찬을 한 사람이 있으면 받은 사람도 있어야 하는데, 이해하기 어려운 결과가 나타난 것이다.

1주일에 3~4회 이상 칭찬했다는 응답자는 32%로 나왔지만, 1주일에 3번 이상 칭찬받았다는 사람은 11%에 불과했다. 그리고 응답자의 절반 이상이 자신이 칭찬한 횟수가 '보통 이상'이라고 답했지만 자신이 칭찬받은 횟수는 '보통 이하'라고 답했다.

이 결과는, 칭찬을 더 많이 받고 싶은 심리적 현상이 반영
된 것이라고 생각된다.

칭찬을 제대로 하지 못한 이유로는 '마음의 여유가 없어
서'가 43%로 가장 많았고 '성격이 무뚝뚝해서'가 29%, 그리
고 '윗사람을 칭찬하면 아부처럼 보일 것 같아서'가 8%로
나타났다. 스스로 칭찬을 못하는 핑계거리를 가지고 있음을
알 수 있다.

대접받고자 하는 사람은 남을 먼저 잘 대접하라는 말이
있다. 마찬가지로, 칭찬을 받고자 한다면 먼저 남을 칭찬할
줄 알아야 한다.

심리학자들은 칭찬의 기법에 대해 다음과 같이 제안하고
있다.

① 즉시 칭찬해라

칭찬거리가 있을 때는 미루지 말고, 그 자리에서 바로 해
라. 칭찬거리를 모았다가 나중에 하면, 즉시 칭찬한 것에
비해 효과가 떨어진다.

② 구체적으로 칭찬해라

애매모호하게 칭찬하지 말고 구체적으로 칭찬해라. 영업

실적, 아이디어 제공, 헌신적 지원 등의 행동에 대해 어떤 점이 좋았는지를 구체적으로 말해 주는 것이다.

③ 공개적으로 칭찬해라

여러 사람이 있을 때는 아무 말이 없다가, 나중에 혼자 있을 때 조용히 칭찬하면 도리어 효과가 감소된다. 가급적 많은 사람 앞에서 공개적으로, 그리고 공식적으로 칭찬해라.

④ 화끈하게 칭찬해라

이번에는 잘했지만 너무 자만하지 말라거나, 옥에 티가 있었다거나 하는 말은 하지 말고, 이왕 하는 칭찬이라면 화끈하게 해라. 그래야만 칭찬받는 사람의 감동이 높아지는 법이다.

⑤ 보상과 함께 칭찬해라

말로만 칭찬하는 것도 좋지만, 작은 선물이나 인센티브를 제공하면 더 큰 효과를 볼 수 있다.

이상의 다섯 가지 칭찬 기법을 몸에 익히면 남을 자주 칭찬할 수 있게 된다.

칭찬을 자주 하면 대인관계가 좋아지고, 학습 성과도 높아진다. 그리고 무엇보다도 스트레스가 해소되며, 자기 자신도 칭찬을 더 많이 받을 수 있게 변화한다.

4. 사람의 유형에 따른 칭찬 방법

칭찬을 받아들이는 방법은 사람에 따라 다소 차이를 보인다. 많은 사람이 기분 좋게 받아들일 수 있는 칭찬이라도, 이를 거북하게 여기는 사람이 있을 수 있다. 더욱이 칭찬과 담을 쌓고 있는 습성을 지닌 사람의 경우는 칭찬을 주고받는 일 자체만으로도 힘들어한다.

쑥스러워서, 어떻게 칭찬할지 몰라서, 맘먹고 칭찬했는데 상대방이 시큰둥한 반응을 보여서 칭찬하는 것을 포기한 적이 있다면, 다시 한번 칭찬을 시작해 보자.

사고의 패턴과 외부 세계에 반응하는 방식에 따라 사람을 크게 네 가지 유형으로 나눌 수 있다.

컨트롤러 형, 프로모터 형, 서포터 형, 애널라이저 형이 그것이다.

칭찬하고 싶은 대상이 있다면, 그 사람이 어떤 유형에 속하는지 자세히 관찰한 다음 칭찬을 시도해 보자.

① 사람이나 사물을 지배하는 컨트롤러 형

▷ 야심만만한 행동파로 자신이 생각한 대로 일을 진행하는 것을 좋아한다.

▷ 과정보다는 결과를 중시하고, 위험을 두려워하지 않는다.

▷ 목표달성을 위해 매진한다.

▷ 진행 속도가 빠르고, 자신의 속도에 상대를 맞추려 한다.

▷ 나약한 모습을 타인에게 내비치는 일이 거의 없다.

▷ 감정을 표현하는 것이 서툴다.

▷ 타인의 지시에 따르는 것을 무엇보다 싫어하고, 사람을 컨트롤하려고 한다.

▷ 의리나 인정은 매우 두텁고, 다른 사람이 의지해 오면 거절하지 못한다.

좀더 이해하기 쉽게 전형적인 컨트롤러 형을 묘사하면, 상대의 얘기가 조금이라도 길어지면 불만스러운 감정이 얼굴에 드러나며, 맞장구가 빨라지고 서두르는 경향을 보인다.

질문에도 쓸데없는 에너지 소비를 줄이기 위해 무척 짧게 대답한다. 자세한 설명을 요구해도 꼭 필요한 최소한의 얘기밖에 하지 않는다.

반면, 질문의 내용과 상관없더라도 자기가 얘기를 시작하면 성이 찰 때까지 달변을 늘어놓기도 한다.

인사치레를 하거나 애교 띤 웃음을 짓는 일은 거의 없으며, 다소 거리감이 느껴질 정도로 빈틈없는 표정을 짓고 있는 경우가 많다.

컨트롤러 형에게 칭찬하기

전형적인 컨트롤러 형은 무엇보다도 '컨트롤당하고 싶지 않다'는 경향이 강하다.

때문에 상대가 자칫 인사치레로 들릴 수 있는 표현을 지나치게 사용하면, '일단 칭찬해서 내 기분을 띄워놓은 다음 자기 뜻대로 유도하려는 것이 아닐까?' 하고 그 저의를 읽어내려 애쓴다. 따라서 너무 지나친 칭찬은 컨트롤러 형에게는 별로 효과적이지 않다.

ⓐ 그 사람의 주변을 대상으로 칭찬 공세를 펼친다.
이런 칭찬은 컨트롤러 형의 내면에 생길 수 있는 '조종당한다'는 느낌을 받지 않게 한다.
ⓑ 개인의 성과에 대해 인정해 주고 싶다면, 설정한 목표를 달성한 순간 과장하지 말고 중립적인 입장에서 '잘했다'라고 짤막하게 칭찬한다.
ⓒ 당신을 돕고 싶다는 마음을 담아, 단호하고 정직하게 쓴소리를 전달한다.

컨트롤러 형은 타인을 별로 믿지 않기 때문에 타인의 배신에 매우 민감하다. 때문에 말하기 껄끄러운 상황을 무릅쓰고 부정적인 상황을 지적해 주면, '이렇게까지 나를 염려해 주고 있구나' 하고 생각하게 된다.

② 사람이나 사물을 촉진하는 프로모터 형

▷ 자신의 독창적인 아이디어를 소중히 여긴다.

▷ 매우 활동적이며, 타인과 함께 어울려서 즐기는 것을 좋아한다.

▷ 맺고 끊는 것이 확실하고 능숙하다.

▷ 매사에 자발적이고 에너지가 넘치며, 호기심도 강한 편이다.

▷ 즐거운 인생을 꿈꾸고 지향하기 때문에 사람들이 대부분 그를 좋아한다.

▷ 새로운 일을 시작하는 것은 잘하지만, 중장기 계획을 세우거나 계획대로 진행하는 데는 서툴다.

▷ 타인과의 관계에서는 감정 표현이 풍부하고, 말할 때 몸짓이나 손짓 등의 동작이 큰 편이다.

전형적인 프로모터 형은 말을 잘한다. 이야기 전개가 매우 빨라 어떤 한 가지 일에 대해 얘기하고 있는가 하면, 어느새 다음 화제로 옮겨가 있기도 한다.

몸짓과 손짓이 크고, 의성어와 의태어를 자주 사용한다. 기분을 항상 솔직하게 표현하며, 표정이 풍부하다.

꼼짝 않고 있는 일이 거의 없고, 언제나 여러 사람에게 말을 걸거나 여기저기 돌아다닌다. 모임에서는 화제를 이끌어 나가는 중심에 있는 경우가 많다.

● 프로모터 형에게 칭찬하기

컨트롤러 형과는 달리 칭찬을 들으면 들을수록 기분이 상승하는 것이 프로모터 형이다.

그들은 칭찬을 받더라도 상대가 무슨 생각을 하고 있는지를 알아내려는 경향은 보이지 않고, 대부분이 칭찬을 순수하게 받아들인다.

ⓐ 무조건 칭찬을 하자.

특별히 칭찬할 만한 점이 발견되지 않으면, 우선 체격이라도 칭찬해 주자. 이렇게 하면 프로모터 형의 동기부여는 절대 저하되지 않는다.

ⓑ 가능하면 부정적인 메시지는 던지지 않는 것이 좋다.

자신의 아이디어가 부정당하면 그것을 계기로 분발하기보다 오히려 움츠러들어 행동이 정체되는 경우가 많다.

때문에 조언할 때는 '그것을 잘 살리려면 이렇게 하는 것이 좋지 않을까'라는 식으로 말하는 것이 효과적이다.

③ 전체를 지지하는 서포터 형

▷ 타인을 돕는 것을 좋아하고, 협력 관계를 소중히 여긴다.

▷ 주위사람의 기분에 민감하고, 배려를 잘한다.

▷ 일반적으로 사람을 좋아한다.

▷ 자기 자신의 감정은 억제하는 편이고, 'NO'라는 말을 가능한 한 피하는 경향이 있다.

▷ 자신이 내놓은 제안이나 요구에 대해 소극적인 반면, 사람들로부터 인정받고 싶다는 욕구가 강한 것이 특징이다.

전형적인 서포터 형은 이른바 착한 사람으로, 상대가 하는 말에 빈번하게 맞장구를 치면서 귀를 기울인다.

질문을 던져도, 엉뚱한 답변을 한다거나 자기 방어를 위해 대답을 최소한으로 줄이지 않는다. 상대에게 의도한 답을 들려주려고 애쓴다.

얘기하기에 앞서 '전에 들은 적이 있을지도 모르지만'이라는 서두를 붙이는 경우가 많고, 얘기한 다음 상대의 기대에 부합하는 대답을 했는지 확인하려는 경향이 있다.

함께 있으면 상대가 기분 좋게 시간을 보낼 수 있도록
무척 신경을 쓰기도 한다.

● 서포터 형에게 칭찬하기

서포터 형은 주위의 기대에 부응하려고 꾸준히 노력하지만,
그 노력을 인정받기를 바란다는 강한 메시지는 좀처럼 보내지
않는다.
그렇지만 사실은 상대가 그 노력을 평가해 주는지 어떤지를
호시탐탐 관찰하고 있으며, 만약 상대가 그 노력을 가볍게 취
급하면 큰 일이 벌어지기도 한다.

ⓐ 하고 있는 일에 대해 칭찬을 아끼지 않아야 한다.
ⓑ 시험하지 말아야 한다.

서포터 형에게 일을 주면 아무리 사소한 것이라도 '도와줘
서 고맙다', '정말로 도움이 됐다'고 빈번하게 메시지를 전하
는 것이 좋다.

④ 분석이나 전략을 세우는 애널라이저 형
▷ 행동하기 전에 많은 정보를 모은 다음 분석하여 계획을
세운다.
▷ 일을 객관적으로 처리하는 능력이 뛰어나고, 매사에

성실한 모습을 보인다.

▷ 완벽주의자여서 실수를 싫어한다.

반면 변화에는 약하고 행동은 신중하다.

▷ 사람과의 관계도 신중하고, 감정을 겉으로 드러내는 일이 거의 없다.

▷ 조언자나 해설자와 같은 방관자가 되기 쉽다.

전형적인 애널라이저 형은 말할 때 신중하게 단어를 선택한다. 프로모터 형처럼 생각에 앞서 먼저 입을 여는 일이 없고, 생각을 잘 정리해 결론을 이끌어낸다.

게다가 질문을 받으면 그 자리에서 바로 대답하지 않기 때문에 다소 반응이 더딘 편이다. '글쎄요', '그런가요' 등처럼 시간을 벌기 위한 말을 많이 한다.

차분히 생각하는 경우가 많기 때문에 표정이 차가워 보이는 경우가 많은데, 그래서인지 때로는 의식이 깨어 있는 사람으로 보이기도 한다.

● 애널라이저 형에게 칭찬하기

애널라이저 형에게 칭찬하는 것은 쉽지 않다. 칭찬을 하기 위해서는 다른 어떤 타입보다도 관찰이 필요하기 때문이다.

애널라이저 형은 프로모터 형에게 하듯 불쑥 칭찬해서는 거의 효과가 없고, 무심코 칭찬을 하면 그런 말을 하는 근거가 무엇인지 살피는 듯한 표정을 짓는 경우가 많다.

ⓐ 칭찬할 때는 구체적으로 어떤 부분이 좋았는지를 명확하게 짚어줘야 한다.
ⓑ 애널라이저 형의 페이스를 인정해 준다.

애널라이저 형은 자신의 생각을 가능한 한 정확히 정리해서 얘기하고 싶어 하는 경향이 있으므로, 출력에 다소 시간이 걸린다. 이런 경우, 출력에 소요되는 시간을 상대방이 배려해 주면 자신이 존중받고 있다고 느끼게 된다.

5. 칭찬을 잘하는 비결 6가지

상대방의 경계심을 누그러뜨린 다음 적절한 칭찬으로 말문을 열고자 한다면, 반드시 아래의 비결에 정통할 필요가 있다.

① 성심성의껏 준비하고 상대에게 몰입해라
인간이라면 남녀노소를 불문하고 칭찬을 들으면 기뻐한

다. 물론 상대가 다른 의도 때문에 자신을 추켜세우는 줄 알면서도 내심으로는 흐뭇해하는 경우가 적지 않다. 이것이 바로 칭찬에 약한 인간의 본성이다.

칭찬을 싫어하는 사람은 없으므로, 너무 과장되지만 않는다면 자신 있게 칭찬해라.

그런데 무엇보다도 중요한 것은 상대를 성심성의껏 대해야 한다는 점이다.

언어는 마음이 반영되는 거울이다. 상대에 대해 준비도 하지 않은 채 경솔한 몸짓과 말로 칭찬을 한다면 상대방으로부터 쉽게 반감을 불러일으키고, 오히려 경계의 벽이 두꺼워질 수 있다.

따라서 칭찬을 하려면 반드시 성심성의껏 상대방에 몰입하라. 칭찬의 미사어구보다는 준비 과정에서 보이는 당신의 열의와 정성에 상대방이 감동하고, 오랫동안 잊지 못할 것이다. 그렇게 되면 그들은 당신의 부탁을 무정하게 거절할 수 없게 된다.

② 초면일 경우, 성과나 소지품을 칭찬해라

처음 만난 사람과 만남을 지속적으로 유지하고 싶다면 어떤 유형의 칭찬이 효과적일까?

될 수 있으면 상대방의 인품이나 성격을 논하는 것을 피하라. 그들이 과거에 이룬 성과나 소지품 등 눈에 보이는 구체적인 사물을 들어 칭찬하는 것이 가장 바람직하고 안전하다.

만약 처음 만난 자리에서 '당신은 참으로 좋은 사람이네요'라는 따위의 칭찬을 한다면, 그들은 마음속으로 '오늘 처음 만났는데, 내가 좋은 사람인지 어떻게 알지?'라고 생각하며 당신을 경계하고 의심할 수도 있다.

만약 상대방이 여성이라면 옷차림이나 액세서리 등을 거론하며 돋보이는 센스를 칭찬하라. 그러면 상대방은 가식적이 아닌 진실이 담긴 미소를 지으며 당신의 이야기에 귀기울일 것이다.

③ 배후에서 칭찬해라

배후에서 칭찬하는 것이 그 사람을 직접 마주하고 칭찬하는 것보다 효과적이다.

칭찬의 고수들은 다른 사람의 입을 빌려 칭찬의 메시지를 전한다. 제3자의 입에서 뜻하지 않은 누군가가 당신의 능력에 무척 감탄하더라는 말을 들었을 때, 당신은 기쁘지 않겠는가? 기쁜 마음과 동시에 자신을 칭찬했던 그 사람에 대해 좋은 인상을 갖게 될 것이 분명하다.

당사자의 면전에서 칭찬하는 경우에는 가식적이거나 의도적인 행위로 비쳐질 수도 있으나, 간접적인 칭찬은 그 효과가 비록 느리게 나타날지라도 신뢰도와 영향력은 훨씬 강력하다.

독일의 한 재상은 자신에게 반발심을 갖고 있는 부하가 있을 경우, 계획적으로 타인 앞에서 그 부하를 아낌없이 칭찬했다. 그 후, 그는 열정을 다하는 충성스러운 부하를 또 하나 얻게 되었다고 한다.

④ 상대에 대한 새로운 정보를 입수해라

칭찬을 하는 데 있어서 남들이 듣지 못한 새로운 정보는 무엇보다도 큰 힘이 된다.

위대한 장군은 타인이 자신의 전략과 모략에 대해서 칭찬하는 것에 별다른 관심이 없다. 이미 자타가 공인하는 그의 용맹과 전술을 다시 말하는 것은 사족(蛇足)과 마찬가지이기 때문이다.

그러나 누군가가 그가 최근에 기르기 시작한 수염에 대해서 한마디를 건넨다면, 아무리 무뚝뚝한 장군일지라도 기쁜 미소를 보이며 수염에 대해 말문을 열게 되지 않겠는가.

자신의 임무인 군사 지휘 외에도 또 다른 자신의 일부가 다른 사람에게 인정받게 되는 순간, 그는 무한한 만족감을 느끼게 되기 때문이다.

⑤ 칭찬으로 질책해라

백화점의 한 의류코너에서 생긴 일이다. 한 종업원의 서비스 태도가 형편없다는 고객들의 건의가 잇달아 접수되자, 코너 매니저는 교묘한 언술로 문제를 해결해 나갔다.

그는 질책보다 칭찬이라는 칼을 뽑아 든 것이다.

"한 고객님께서 당신의 서비스를 받고, 참으로 상냥하고 친절했다며 감사하다는 말씀을 전했습니다. 앞으로도 계속 그런 모습을 보여주기 바랍니다. 당신의 예의 바른 태도는 보는 사람을 절로 기분 좋게 만들거든요."

뜻밖의 칭찬을 들은 그 종업원은 무척 흐뭇해했고, 매니저가 뽑은 칭찬의 칼은 머지않아 놀라운 효과를 발휘했다.

의류코너에서 근무하는 종업원들의 서비스 태도가 점점 좋아졌을 뿐만 아니라, 얼굴에 늘 웃음을 띠며 밝게 고객들을 대한 덕분인지 판매 실적도 나날이 높아 갔다.

사람들은 자신에게 아무리 도움이 되는 말이라도 심리적으로 '너는 이러저러한 결점이 있는데 꼭 고쳐야 해'라는 말을 들으면 반발심을 갖기 마련이다. 자신도 이미 인정하는 부분이기 때문이다.

만약 당신이 상대방에게 지시를 내리는 상황이거나 행동에 영향력을 발휘하고 싶다면, 상대의 결점은 다음 기회로 넘겨두고 그의 장점에 대해서 칭찬하라.

자신을 알아주는 사람에게 상대는 대화의 채널을 열게 되며, 자신의 단점이 상대에게 피해를 줄 것이라고 자각하는 순간 스스로 단점을 고쳐나가려는 피드백을 보여줄 것이다.

⑥ 존경심을 표함으로써 칭찬해라

자존심이 강하고 무뚝뚝한 사람일수록 존경심을 강조하며 칭찬하라.

대기업에 근무하는 이 부장은 칼날처럼 서슬이 퍼렇고 업무 처리에 철두철미해서 부하 직원들도 늘 어려워하는 상사이다.

하루는 협력사의 김 대리가 이 부장을 찾아왔다. 물론 김 대리는 이 부장의 성격에 대해 주변사람들로부터 전해들은 바가 있었다.

그는 이 부장을 만나자, 업무 이야기보다는 우선 담배 한 대를 권하며 분위기를 부드럽게 풀어 나갔다. 그러면서 다음과 같이 인사를 건넸다.

"이 부장님이 호인(好人)이라는 말씀은 주변에서 이미 듣고 있었습니다. 부하직원들을 각별히 챙기는 것은 물론이고 회사 외부사람들까지도 철저하게 관리하신다는 말씀을 들은 적이 있는데, 역시 성공하는 사람은 뭔가 다르다는 것을 알게 됐습니다. 이 부장님과 같은 상사를 모실 수 있다면 참으로 행운이겠는데요."

서슬 퍼런 이 부장의 얼굴에 잔잔한 미소가 퍼지는가 싶더니, 김 대리에게 찾아온 용건을 물었다. 마침내 분위기가 부드럽게 풀리기 시작했으며, 그 결과 김 대리는 일을 순조롭게 진행시킬 수 있었다.

김 대리가 이 부장의 마음을 열 수 있었던 비결은, 적절한 칭찬으로 분위기를 풀었던 '대화 속의 첫인상' 때문이다.

냉철하고 무뚝뚝한 사람일수록 자신을 존경하는 상대를 고맙게 생각한다. 그는 상대방이 자신에 대해 갖고 있는 존경심에 실망감을 주지 않기 위해, 자신에게 없는 부분까지 만들어 가며 상대를 배려하려 애쓴다.

어렵다고 느껴지는 사람일수록 상대로 하여금 존경받는다는 느낌을 갖게 하라. 그 마음이 전해지면, 상대는 진실한 마음으로 당신을 도울 것이다.

6. 나쁜 버릇 바로잡는 칭찬의 기술

어떻게 칭찬해야 할지 몰라 난감해하는 부모들을 보면, 대개가 자신의 부모로부터 칭찬받아 본 일이 없는 사람들이다. 그들은 칭찬이라는 것에 익숙하지 않기 때문에 방법적으로도 미숙하고, 칭찬하는 일에도 매우 인색하다.

이제, 아이들을 위해 마음가짐부터 바꿔보자.

칭찬을 잘하기 위한 기술, 여섯 가지를 제시한다.

① 칭찬 리스트를 작성해라

말썽쟁이 아이를 둔 부모들의 경우는, 아이에게 칭찬을 하려 해도 할 거리가 없다고들 한다. 하지만 아이 입장에서 살펴보면, 사소한 것이지만 칭찬해 줄 수 있는 것들이 적지 않다.

우선 내 아이를 위한 칭찬 리스트를 작성해 보자.

먼저 내 아이가 스스로 했으면 하는 것들을 적어본다. 그런 다음, 그것이 왜 중요한지 이유까지 적고 나서 리스트를 전체적으로 살펴본다. 혹시 지나치게 많은 것을 아이에게 요구하고 있지 않은가를 살펴보는 것이다.

칭찬을 자주 하려면 무엇보다도 과제가 어렵지 않아야

한다. 여태껏 아이가 잘해 왔던 것들, 예를 들면 혼자 옷을 입고 벗는 것도 칭찬거리가 된다. 그처럼 사소하게 생각되는 일들이 성장 과정에서 매우 중요한 발달 과제이기 때문이다.

② 칭찬은 결과보다 과정이 더 중요하다

아이에게 칭찬을 많이 해주고 싶다면, 아이가 과제를 쉽게 해결할 수 있도록 도와줘야 한다. 제대로 지키지 못할 과제를 무조건 강요하거나, 이러이러한 것들을 잘하면 칭찬해 주겠다고 미리 말해 놓는 행위는 바람직하지 못하다. 도리어 아이에게 심적 부담과 함께 실패에 대한 두려움을 안겨줄 수 있으므로 주의해야 한다.

모든 칭찬의 전제조건은 결과가 아니라 성공적인 실천 과정이다. 비록 실패했다 하더라도, 열심히 노력하는 과정이 보다 중요하다는 사실을 명심하자.

③ 무엇보다도 실천이 중요하다

칭찬거리를 찾아냈다면 하나씩 칭찬을 해나가도록 한다. 아이에게는 무엇보다도 실천이 중요하기 때문이다.

아이가 해낸 일들이 정말로 훌륭하다고 느낀다면 저절로 칭찬이 나오게 되어 있다. 따라서 머릿속으로만 생각하지 말고, 아이에게 말로써 구체적으로 표현해 준다. 그런 말 한마디 한마디가 아이에게는 힘이 될 뿐만 아니라, 보다 어려운 과제에 도전할 수 있는 용기를 심어주기 때문이다.

④ 과다한 감정 표현은 자제해라

칭찬할 때는 지나치게 과다한 감정 표현은 자제하는 것이 좋다. 따뜻한 말 한마디, 부드러운 미소, 마음에서 우러나오는 뿌듯함을 담아 아이에게 말을 한다면 그것만으로도 충분하다.

칭찬이 지나치거나 격렬한 감정을 보이면 아이가 무리한 욕심을 부리거나 자만심에 빠질 우려가 있다. 그럴 경우, 도리어 스트레스 상황에 빠져서 예전 상태로 돌아가고 싶어할 수도 있으므로 경계해야 한다.

⑤ 칭찬을 많이 받으면 꾸중과 비난에도 잘 견뎌낸다

뜨거운 불로부터 전해지는 엄청난 에너지를 흡수한 철이 단단한 외부의 충격에도 끄떡없이 견디는 것을 생각해 보면 쉽게 이해할 수 있을 것이다. 불은 부모의 칭찬이고, 외부의 충격은 꾸중인 셈이다.

칭찬을 받고 자란 아이는 꾸중을 들을 때도 당당하고, 꾸중 자체도 거부감 없이 받아들인다. 그러나 늘 꾸중만 받고 자란 아이는 꾸중으로 인해 더 강해지는 것이 아니라, 언제 불호령이 떨어질지 모르는 상황에서 항상 불안해한다. 따라서 심리적으로 위축될 수 있으므로 주의해야 한다.

⑥ 칭찬받고 자란 아이가 다른 사람을 칭찬할 줄 안다

칭찬을 많이 받아본 사람은 칭찬이 주는 위대한 힘을 알고 있다. 아이가 자라서 주변의 친구를 칭찬하고, 이웃을 칭찬하고, 더 나아가서 자신의 아이들을 칭찬한다면 더욱 부드럽고 정이 넘치는 사회가 될 것이다.

칭찬은 부모와 자녀 사이를 더욱 긍정적으로 변화시킬 뿐만 아니라, 다른 사람들과의 관계에서도 원만함을 유지하는 윤활유 역할을 해준다.

7. 성공으로 이끄는 칭찬 노하우(know-how)

칭찬 육아의 장점을 충분히 이해하고, 아이에 대한 사랑만 있다면 칭찬 노하우의 습득은 그다지 어렵지 않다.

지금부터 아이를 행복하게 해주는 칭찬 노하우를 한번 배워보자.

① 칭찬의 이유를 구체적으로 알려주자

칭찬할 때 가장 먼저 생각해야 할 것은 칭찬하는 이유를 아이에게 분명하게 알려주는 것이다.

예를 들어, 어질러진 방안을 치우는 아이에게 부모가 칭찬을 한다고 가정해 보자.

만약 엄마의 말이 끝난 다음 아이가 바로 치웠다면 '네가 엄마 말을 잘 따라주니까 고맙고 대견하구나'라는 식으로 칭찬의 이유를 구체적으로 밝힌다.

또한 청소를 깨끗하게 했다면 '정말 깨끗하게 청소했구나. 우리 아들 최고다'라고 말하고, 청소를 스스로 했다면 '네가 알아서 청소를 했구나. 참 잘했어요'라고 말해 준다.

칭찬할 이유가 여러 가지라면 하나하나 짚어가면서 모두 칭찬해 준다. 이렇게 하면 아이는 이후에도 엄마가 해주었던 칭찬의 예를 떠올리며 긍정적인 행동을 계속하려 할 것이다.

② 성공한 결과보다는 과정을 칭찬해 주자

아이가 받아쓰기 100점을 받아왔을 때는 '네가 만점을 받아서 참 기쁘구나'라고 말할 수 있다.

제대로 된 칭찬은 여기서 한 발 더 나아가 '네가 지난 일주일 동안 열심히 공부했다는 것이 대견하구나. 노력하니까 이렇게 좋은 결과를 얻지 않니? 네가 열심히 노력한 것이 정말 고마워'라고 얘기해 주는 것이다.

아이는 100점을 받은 것 외에 자신이 노력하는 과정까지를 가치 있는 일로 여기게 되고, 열심히 노력하면 좋은 결과를 얻을 뿐 아니라 엄마에게 칭찬까지 받을 수 있다는 것을 체험한다.

마찬가지로 아이가 참고 견디는 인내심을 발휘했을 때도 그러한 과정을 칭찬해 준다. 그리하면 아이가 결과뿐만 아니라 과정의 중요성을 깨달아 긍정적으로 받아들이는 효과를 볼 수 있다.

③ '참 잘했어요'라고 칭찬하는 것을 어려워하지 말자

아이가 유치원에 다닐 때는 참 많이 듣는 말이다. '참 잘했어요'라는 말 한마디에 아이들은 신이 나서 대답도 잘하고, 모든 일에 더 열심히 참여한다. 그러나 초등학교만 들어가도 이러한 풍경은 찾아보기 힘들다.

자신감을 주는 말 한마디는 아이들이 성장하는 데 매우 긍정적인 영향을 미친다. 그런 면에서 볼 때 '참 잘했어요'라는 말은 여전히 아이들에게 필요하다.

일부 선생님이나 어른들은 다 자란 아이들에게 그런 소리를 하는 것이 민망할 뿐 아니라 눈빛이나 표정으로도 전달할 수 있다고 말한다. 하지만 눈빛이나 표정으로 마음을 전달하는 경우, 아이가 놓칠 수도 있으므로 되도록 말로 표현하자.

아이가 '엄마, 저 양치질했어요!'라고 했을 경우, '세수는 했니?'라고 다음 할 일을 묻는 대신, '그래, 참 잘했구나. 이제 세수도 해야지?'라고 대답하면 어떨까?

대화 한마디 한마디에 미리 답을 준비할 필요는 없다. '잘했다'라고 말할 수 있는 마음만 있다면 가능한 일이다.

④ 몸으로 칭찬해 주자

하이파이브나 포옹 등의 방법으로 격려하는 서양 사람들에 비해, 우리나라 사람들은 표현에 참으로 인색한 편이다. 그러나 요즘 부모들은 아이에게만큼은 열심히 안아주고, 볼을 비비고, 뽀뽀도 해준다.

때로는 열 마디 말보다 몸짓 하나가 더 강렬하고 함축적인 의미를 나타낼 때가 있다. 대표적인 것이 스킨십이다.

아이가 힘들어하거나 지쳐 있을 때 부모가 따뜻하게 껴안아주고 쓰다듬어주면 아이는 자신감을 얻고 더 잘해 나갈 수 있다. 하이파이브나 팔로 그리는 하트 등도 가족끼리 사랑을 전달할 수 있는 좋은 방법이다.

⑤ 부부가 일관성을 유지하자

아이를 키우는 데 있어 부부가 갈등을 빚는 경우가 종종 있다. 이것 또한 부부끼리 아이 교육에 대한 대화를 자주 나누지 않아서 생기는 문제다.

아이의 행동 하나하나를 깊이 있게 관찰하고 의견을 나누다 보면 아이의 특성을 이해하게 되므로, 충분한 대화를 통해 효과적이면서 합리적인 대응 방안을 찾도록 한다. 또한 자녀의 입장에서 생각하고, 칭찬과 꾸지람을 일관되게 적용해 나가도록 부부가 합의하는 것도 바람직한 방법이다.

특히 엄마들의 '아이에 대해서는 내가 훨씬 잘 알아. 당신은 잘 모르잖아'라는 식의 태도는 매우 위험하다.

자신의 육아 방식을 따라주지 않았을 때 상대방을 비난하게 되면 자칫 부부싸움으로 이어질 수 있고, 그것은 도리어 아이에게 부정적인 영향을 미치게 되므로 주의해야 한다.

⑥ 즉시 칭찬해 주자

칭찬에도 적절한 때가 있다. 아이가 칭찬받을 만한 행동을 했을 때 그 즉시 칭찬해 주는 것이 효과적이다.

그리하면 시간적으로 인과관계가 자연스럽게 성립되고, 아이의 마음속에서 논리적인 판단보다는 감성적인 판단이 이루어져서 칭찬을 받는 기쁨이 두 배가 된다.

물론 아이가 그날 낮에 잘한 행동을 저녁에 칭찬해 줄 수도 있다. 하지만 그때는 왜 칭찬하는지를 반드시 설명해 주도록 한다. 그래야만 행동과 칭찬 사이의 인과관계를 이해할 수 있기 때문이다.

이런 과정을 생략한 채 부모의 기분이 좋을 때 오래 전의 행동을 칭찬하면, 아이 입장에서는 칭찬받는 기쁨이 반감될 뿐 아니라 부모의 기분이 좋을 때만 칭찬받을 수 있다는 생각을 가질 수 있다. 그래서 어떤 행동을 할 때 부모의 감정 상태부터 살피는 역효과가 나타날 수도 있으므로 주의해야 한다.

⑦ 아이가 원하는 것을 제대로 알고 이해하자

사회가 더욱 복잡해지면서 아이를 키우는 부모의 마음에도 여유가 없어진 것이 사실이다. 무엇보다도 자녀와 함께 보내는 시간이 절대적으로 부족한데, 이러한 부재를 돈이나 물질로 채워주려는 부모들이 적지 않다.

사실 아이는 부모와 함께 있는 것만으로도 즐거워한다. 말로 칭찬하는 것도 중요하지만, 따뜻한 스킨십과 대화를 나누면서 함께 시간을 보내는 것이 가장 좋다. 이것이야말로 모든 아이가 바라는 최고의 육아법이다.

8. 칭찬이 아이에게 미치는 생리적 효과

칭찬은 의학적인 관점에서도 긍정적인 영향을 미친다. 방금 자녀에게 칭찬을 했다고 가정해 보자.

칭찬을 받으면 아이의 기분이 좋아지는데, 이것은 칭찬받았을 때 아이의 뇌 속에서 '도파민(dopamine)'이라는 신경전달물질이 분비되면서 쾌감을 느끼게 되기 때문이다.

이것은 아이의 혈액에서 '인터루킨(interleukin)' 등 각종 면역강화물질의 분비를 촉진시켜주며, 다시 뇌로 피드백 되어 불필요한 스트레스 호르몬의 분비를 억제시킨다. 또한 아이를 긴장·흥분시키는 교감신경계의 활성이 억제되어, 결국 아이의 몸이 편안한 상태에 놓이게 되는 것이다.

즉 칭찬받은 아이는 면역체계가 활성화되어 병에 걸릴 확률이 더 낮아지고, 늘 마음이 편안하여 건강한 몸을 유지할 수 있다.

반대로 심한 체벌, 꾸중, 학대의 상황에서는 반대의 과정에 놓이게 된다. 늘 심리적 불안, 정서적 위축 상태이면서 동시에 각종 질병에 걸리기 쉽고, 몸이 경직되거나 긴장된 상태가 된다. 그러므로 칭찬은 아이의 마음뿐 아니라 몸까지 건강하게 만드는 보약인 셈이다.

칭찬 육아법에 대한 책을 펴낸 연세 소아정신과 손석한 원장은 이렇게 말한다.

"평범하고 쉬운 칭찬부터 시작해 보세요. 칭찬 육아법에서 강조하고 싶은 것은 '평범하고 쉬운 칭찬'의 생활화입니다. 한글을 술술 읽는다든지, 어려운 심부름을 잘했을 때처럼 특별한 상황에만 칭찬을 한다면 한 달에 한 번 칭찬하기도 쉽지 않을 것입니다. 아이가 평상시 늘 능숙하게 하는 것도 발견해서 칭찬해 주세요. 아이가 잘하는 행동에 대해서 칭찬하는 것이 무슨 의미냐고 반문할 수도 있지만, 이를 당연히 여긴다면 아이의 긍정적 행동은 소멸될 가능성이 높아집니다."

9. 부모 자격, 버전 업! ─ 칭찬의 기술

칭찬은 심리적인 안정감을 준다.

칭찬을 많이 하면 응석받이를 만든다고 생각해 칭찬을 아끼는 엄마들이 종종 있다. 그러나 아이가 바람직한 행동을 했을 때 그것을 인정하고 칭찬해 주면, 아이는 엄마가 자기를 사랑하고 있다는 확신과 심리적인 안정감을 느끼게 된다.

사람은 누구나 칭찬받기를 좋아한다. 특히 매일 새로운 세계를 만나는 아이들은 칭찬을 먹고 자란다고 해도 과언이 아니다. 다른 사람에게 칭찬을 받거나 인정을 받으면 자신감이 생기고, 어떠한 일이든지 스스로 해보려는 욕구가 샘솟게 된다.

그렇다고 무작정 칭찬만 하라는 것은 아니다. 칭찬을 너무 자주 하면 오히려 칭찬이 일상적인 말로 느껴져 효과가 떨어질 수도 있다.

칭찬하는 데도 전문적인 기술이 필요하다.

① 칭찬에는 정답이 없다

아이가 열심히 장난감 정리를 하고 엄마에게 자랑하려 할 때 '어떻게 칭찬하면 되지?' 하고 머뭇거리는 것은 바람직하지 않다. 엄마가 잠시 망설이는 동안, 아이는 자신이 뭔가를 잘못하지 않았나 하고 생각할 수도 있기 때문이다.

아이의 잘한 행동을 칭찬하는 데는 정답이 없다. 엄마들마다 개성과 취향이 다르고 아이들 역시 그렇기 때문에 모든 상황에 똑같은 방식을 적용해서는 안 된다. 따라서 엄마 나름대로 자기 아이에게 적합한 칭찬 기술을 터득하는 것이 필요하다.

② 계산된 칭찬은 금물!

'이번에 칭찬해 주면 다음에는 더 잘 하겠지'라는 의도를 갖고 칭찬하는 것은 금물이다. 아이가 엄마의 이런 생각을 그대로 읽어내기 때문이다. 따라서 칭찬할 때는 아이의 행동에 대해 다른 감정을 덧붙이지 말고 마음을 있는 그대로 전하는 것이 중요하다.

어제는 전혀 하지 못했던 행동을 오늘 제대로 했으면 아이와 함께 기뻐하며 박수를 쳐준다. 엄마에게 잘 보이려고 그림을 그려 보여줄 때도 '주영아, 선물 너무 고마워'라는 식으로 엄마가 인정해 주면서, 아이에게 고맙다는 말을 반드시 해준다.

③ 칭찬이 중요하다고 해서 꾸짖지 말라는 것은 아니다

아이가 바람직한 행동을 했을 때 칭찬하는 것은 좋은 일이지만, 그렇다고 아무 때나 칭찬을 하거나 무조건 꾸짖지 말라는 것은 아니다.

아이에게 자신감을 북돋워주어야 한다는 이유로, 아이가

바람직하지 못한 행동을 계속하면서 사회적인 규칙을 무시할 때도 그냥 두는 사람이 있는데, 이것은 옳지 않다.

세상을 살아가는 데는 야단을 맞으면서 배워야 하는 경험도 필요하다. 그릇된 행동을 할 경우, 무엇을 잘못했는지를 명확히 가르쳐줘야 한다. 또한 바람직한 행동이나 잘한 일이 무엇인지 확실하게 분별할 수 있도록 가르쳐줘야만 그것을 잘할 수 있게 된다.

야단을 쳐야 할 때는 분명하게 야단을 쳐야 하고, 반드시 그 자리에서 혼내는 것이 좋다.

④ 아이의 입장에서 지적하고 격려한다

아이가 장난을 치다가 탁자 위에 놓인 꽃병을 깨뜨린 다음 울고 있을 때 "넌 도대체 어떻게 된 아이니? 너 때문에 집 안에 남아나는 것이 없구나. 말썽꾸러기 같으니라구. 뭘 잘했다고 우는 거야"라고 소리를 질러대며 화를 내는 것은 좋지 않다.

이보다는 "어디 다친 데는 없니? 꽃병처럼 잘 깨지는 물건 옆에서 장난을 쳐서는 안 돼. 조심해야지. 우는 걸 보니, 우리 주영이가 꽃병을 깬 것이 아주 잘못한 일이라는 것을 아는 것 같구나. 앞으로 또 그러면 안 되겠지?"라고 하면서, 자신

의 잘못을 뉘우치며 울고 있는 아이의 마음을 먼저 다독거려
주어야 한다. 그런 다음 잘못을 지적해 주면서 아이 스스로
반성하도록 이끈다.

⑤ 안거나 쓰다듬으며 마음을 듬뿍 담아 칭찬한다

어느 날 주영이가 스스로 퍼즐 맞추기를 하였다. 다른 아
이들은 이미 익숙하게 잘하는 일이지만 주영이는 이제야
하게 된 것이다.

이때 "그래, 참 잘했다!" 하고 엄마가 당연하다는 듯이 말
해버리는 것은 좋지 않다. 이보다는 "와! 우리 주영이가 드디
어 해냈구나. 잘했어. 이젠 혼자서도 잘할 수 있겠네" 하며
웃는 얼굴로 진심으로 함께 기뻐해 준다.

또한 말로만 칭찬하지 말고 아이를 쓰다듬거나 안아주면
서 마음을 담아 칭찬해야 아이의 도전의식에 불을 붙일 수
있다.

10. 구체적인 칭찬은 어떻게 하는 것이 좋은가?

구체적인 칭찬에 대한 다양한 스킬(Skill)에 대해 살펴보
도록 하자.

① 내면적(능력·인간성)인 부분에 대한 칭찬

상대방이 지닌 차별화 된 능력이나 인간성 등, 보이지 않는 내면의 가치를 발견하여 칭찬한다.

② 외모(구체적인 용모)에 대한 칭찬

개성적인 용모나 손·얼굴·신체 부위 등 장점이 있는 부분에 대해 칭찬한다.

③ 갖고 있는 소지품에 대한 칭찬

상대방이 지닌 소지품이나, 또는 그 가치를 인정받고 싶어 할 한 부분에 대해 칭찬한다.

④ 주변 환경과 관련된 칭찬

상대방의 가족, 친척 또는 관련된 주변 환경 등에 대해 칭찬한다.

⑤ 상대가 미처 느끼지 못하고 있는 부분에 대한 칭찬

남의 눈에는 좋게 보이는데 정작 당사자는 모르고 있을 경우가 있다. 자신이 미처 느끼지 못하고 있는 부분에 대해 칭찬을 받는다면 감동 또한 클 것이다.

⑥ 우회적인 칭찬

직접적이거나 노골적인 칭찬이 아닌 제3자로부터 들은 듯한 우회적인 칭찬 기법도 좋은 방법의 하나다.

11. 바디 랭귀지를 활용한 칭찬은 어떻게 하는 것이 좋은가?

바디 랭귀지(Body Language)를 이용한 구체적인 칭찬법에는 어떠한 것이 있을까?

단순히 상대방에 대해 구두로만 칭찬하는 것보다 손이나 시선, 얼굴 표정 등을 적절히 사용하여 칭찬함으로써, 그 효과를 배가 시킬 수 있는 것이 바로 바디 랭귀지에 의한 칭찬이라 하겠다.

바디 랭귀지에 의한 칭찬은 크게 4가지로 정리할 수 있다.

① 아이콘택(Eye Contact)에 의한 칭찬을 한다

따스한 눈길과 함께 사랑한다는 마음과 대견스럽게 여긴다는 느낌을 듬뿍 담아 칭찬한다.

② 손을 꼭 잡아주면서 칭찬한다

단순히 구두상으로만 좋은 말을 하는 것보다 상대방의

손을 꼭 잡아주면서 격려한다면, 상대방도 더 큰 감동을 받을 것이다.

③ 어깨를 두드리며 격려한다

이 방법은 상황에 맞게 사용하는 것이 효과적이다.

윗사람으로서 단순하게 말로만 격려하기보다는 어깨를 가볍게 두드려주며 격려하면, 상대방은 당신에 대해 존경심과 함께 감사의 마음을 가질 것이다.

④ 머리를 쓰다듬으며 칭찬한다

어린이를 칭찬할 때 말로만 칭찬하는 것이 아니라 머리를 쓰다듬으면서 칭찬하면, 어린이는 자신의 존재를 그리고 자신의 가치를 더욱더 인정받는 기분이 들어 좀처럼 당신을 잊지 않을 것이다.

전문가가 이야기하는 칭찬의 기술

1. 켄 블랜차드의 칭찬 10계명
① 칭찬할 일이 생겼을 때 즉시 칭찬해라.
② 잘한 점을 구체적으로 칭찬해라.
③ 가능한 한 공개적으로 칭찬해라.
④ 결과보다는 과정을 칭찬해라.
⑤ 사랑하는 사람을 대하듯 칭찬해라.
⑥ 거짓 없이 진실한 마음으로 칭찬해라.
⑦ 긍정적으로 관점을 전환하면 칭찬할 일이 보인다.
⑧ 일의 진척사항이 여의치 않을 때 더욱 격려해라.
⑨ 잘못된 일이 생기면 관심을 다른 방향으로 유도해라.
⑩ 가끔씩 자기 자신을 스스로 칭찬해라.

2. 스펜서 존슨의 1분 혁명

3. 심리학자들의 칭찬 기법
① 즉시 칭찬해라.
② 구체적으로 칭찬해라.
③ 공개적으로 칭찬해라.
④ 화끈하게 칭찬해라.
⑤ 보상과 함께 칭찬해라.

4. 사람의 유형에 따른 칭찬 방법
① 사람이나 사물을 지배하는 컨트롤러 형
② 사람이나 사물을 촉진하는 프로모터 형

③ 전체를 지지하는 서포터 형
④ 분석이나 전략을 세우는 애널라이저 형

5. 칭찬을 잘하는 비결 6가지
① 성심성의껏 준비하고 상대에게 몰입해라.
② 초면일 경우, 성과나 소지품을 칭찬해라.
③ 배후에서 칭찬해라.
④ 상대에 대한 새로운 정보를 입수해라.
⑤ 칭찬으로 질책해라.
⑥ 존경심을 표함으로써 칭찬해라.

6. 나쁜 버릇 바로잡는 칭찬의 기술
① 칭찬 리스트를 작성해라.
② 칭찬은 결과보다 과정이 더 중요하다.
③ 무엇보다도 실천이 중요하다.
④ 과다한 감정 표현은 자제해라.
⑤ 칭찬을 많이 받으면 꾸중과 비난에도 잘 견뎌낸다.
⑥ 칭찬받고 자란 아이가 다른 사람을 칭찬할 줄 안다.

7. 성공으로 이끄는 칭찬 노하우(know-how)
① 칭찬의 이유를 구체적으로 알려주자.
② 성공한 결과보다는 과정을 칭찬해 주자.
③ '참 잘했어요'라고 칭찬하는 것을 어려워하지 말자.
④ 몸으로 칭찬해 주자.
⑤ 부부가 일관성을 유지하자.
⑥ 즉시 칭찬해 주자.

⑦ 아이가 원하는 것을 제대로 알고 이해하자.

8. 칭찬이 아이에게 미치는 생리적 효과

9. 부모 자격, 버전 업! — 칭찬의 기술
① 칭찬에는 정답이 없다.
② 계산된 칭찬은 금물!
③ 칭찬이 중요하다고 해서 꾸짖지 말라는 것은 아니다.
④ 아이의 입장에서 지적하고 격려한다.
⑤ 안거나 쓰다듬으며 마음을 듬뿍 담아 칭찬한다.

10. 구체적인 칭찬은 어떻게 하는 것이 좋은가?
① 내면적(능력·인간성)인 부분에 대한 칭찬
② 외모(구체적인 용모)에 대한 칭찬
③ 갖고 있는 소지품에 대한 칭찬
④ 주변 환경과 관련된 칭찬
⑤ 상대가 미처 느끼지 못하고 있는 부분에 대한 칭찬
⑥ 우회적인 칭찬

11. 바디 랭귀지를 활용한 칭찬은 어떻게 하는 것이 좋은가?
① 아이콘택(Eye Contact)에 의한 칭찬을 한다.
② 손을 꼭 잡아주면서 칭찬한다.
③ 어깨를 두드리며 격려한다.
④ 머리를 쓰다듬으며 칭찬한다.

2부

설득과
대화의 기술

☑ 고정관념 깨기
☑ 심리를 자극하는 설득 기법
☑ 셰익스피어에게 배우는 설득 방법 11가지
☑ 단순 명쾌하게 스피치 하는 방법
☑ 효과적인 대화의 기술
☑ 상황에 따른 대화법
☑ 좋은 대화 상대가 되는 법
☑ 성공적인 대화 기술
☑ 올바른 경청의 태도

고정관념 깨기

1. 우물 안 개구리

▷ 벼룩 두 마리가 있다.

이들을 유리컵 안에 가두어 둔다.

그러면 금세 튀어 도망을 간다.

다시 주워서 더 높은 컵에 가두어도 녀석들은 역시 단번에 뛰어넘는다.

▷ 그런데 이번엔 유리컵에 유리 뚜껑을 올려둔다.

유리로 만든 뚜껑을 모르는 벼룩들은 높이 튀어 올랐다가 머리를 부딪치고 떨어진다.

그러나 녀석들은 한동안 포기하지 않고 계속 튀어 오르다가 마침내 포기한다.

▷ 그러다 한참 후에 유리 뚜껑을 치운다.

벼룩들은 여전히 튀어 오르지만, 예전에 유리 뚜껑이 있는 그 선 아래까지만 오른다.

▷ 그들은 더 높이 뛸 수 있다는 사실을 잊게 되면서 작은 도약에 만족하며 감옥에 갇혀 산다.

고정관념을 깨지 않으면 평생을 그 틀 속에 갇혀 살아야 한다.

우리에게 무한한 능력이 있다는 사실을 머리로는 알고 있지만, 우리 역시도 '안 된다'라는 고정관념 속에서 그 잠재력을 묶어두고 있지는 않는지 돌아보자.

고정관념에서 벗어나기 위해서 우리가 첫 번째로 할 일은, 자신의 상황을 정직하게 있는 그대로 바라보는 것이다. 우물 안 개구리가 자신이 우물에 갇혀 있다는 사실을 깨달아야 하는 것처럼 말이다.

혹시 우리는 컵 속의 벼룩처럼 환경이 바뀌었는데도 불구하고, 아직도 유리 뚜껑에 부딪힐 것이 두려워 높이 뛰는 것을 주저하고 있지는 않는지 생각해 보자.

2. 사소한 일에 신경 쓰지 말라

　박물학자인 헨리 에머슨 포스딕 박사는 숲 속에 있는 거목에 대해 재미있는 이야기를 들려준다.

　『콜로라도 주에 있는 롱 피크의 경사지에는 거목의 잔해가 놓여 있는데, 그 나무의 수령은 1백 년이 넘은 것이다.

　일찍이 콜럼버스가 엘살바도르에 처음 상륙했을 때는 어린 묘목이었던 것이 영국의 청교도들이 플리머스에 정주하기 시작했을 때는 반쯤 자란 상태였다.

　또한 기나긴 세월 동안 모두 열네 번의 낙뢰를 맞았으며, 수많은 눈사태와 폭풍이 그 나무를 괴롭혔다. 하지만 나무는 굳세게 버티고 서 있었다.

　그런데 그 나무는 결국 투구풍뎅이를 이겨내지 못하고 쓰러지고 말았다. 투구풍뎅이들은 그 나무의 껍질을 조금씩 파고 들어가 끊임없이 공격함으로써 수목의 내부를 파괴했던 것이다.

　온갖 세월의 풍파에도 시들지 않고, 번갯불에도 불타지 않았으며, 폭풍우에도 굴하지 않았던 삼림의 거목이 사람의 손끝으로 가볍게 눌러 죽일 수 있는 작은 벌레로 인해 쓰러지고 만 것이다.』

우리는 무시해도 좋은 사소한 일로 당황하고 고민하는 경우가 참으로 많다.

인간으로 태어나 이 땅에 머물 수 있는 시간은 기껏해야 수십 년에 지나지 않는데도, 사람들은 채 일 년이 가기 전에 기억 속에서 사라져버릴 불평이나 불만 등을 끌어안고 고민함으로써 귀중한 시간을 허비하고 있다.

그런 의미에서, 디즈레일리의 말은 많은 것을 생각하게 해준다.

"인생은 작게 살기에는 너무 짧다."

3. 크게 생각해야 크게 이룬다

처음부터 크게 생각하고 시작하거나, 혹은 '나는 못 한다'라는 한계를 짓지 말라.

예전에 BBQ 치킨으로 크게 성공한 제네시스의 윤홍근 사장을 인터뷰한 적이 있는데, 그는 직장생활을 처음 시작했을 때 '내가 이 회사의 최고 경영자다'라는 마음으로 일에 임했다고 한다.

늘 경영자의 안목에서 회사를 보려 했기 때문인지 그는 늘 남보다 한 발 앞서서 계획하고 대비할 수 있었으며, 그러

다보니 다른 영역까지 수월하게 넘나들 수 있게 되었다고
한다.

그것이 초고속 승진의 바탕이 되었으며, 자신의 사업체를
꾸릴 수 있는 역량을 만들어 주었다고 말한다.

무슨 일을 하든, 그는 이미 최고 경영자의 마음으로 그
일을 시작한 것이다.

'나는 못 한다'고 인정하는 것은 스스로 자신의 한계를 낮
추어 규정짓는 것이다.

이 말을 바꾸어 말하면, 자신의 한계를 끊임없이 부수어
온 사람만이 정상에 오를 수 있다는 얘기다.

LG전자의 김상수 부회장이 자신의 직장생활에 대해서 얘
기하면서, 이런 말을 한 적이 있다.

"윗사람들이 뭘 시키면 절대로 '못 한다'라는 얘기는 하지
않았습니다. 겁 없이 일했고, 겁 없이 도전했습니다."

김 회장은 무려 34년간을 본사에 올라오지 못하고 지방에
서 맴돌았다. 그러나 그는 그보다 잘나가는 동료들을 모두
제치고, 결국 LG전자의 2인자가 되었다.

그의 사전에는 '못 한다, 안 된다'가 없었기 때문이다.

4. 실패를 두려워하지 말라

『 높이, 그리고 멋지게 날아오르는 갈매기가 있었다.

갈매기는 훼방을 놓는 안개와 비바람을 무수히 제치면서, 이제 자신이 바라는 지점이 얼마 남지 않았다고 생각했다.

그러나 그때 하늘에서 난데없이 우박이 쏟아졌다.

갈매기는 그만 날개에 우박을 맞고 모래밭으로 떨어지고 말았다.

다시 날아오르기를 포기하고 있는 그에게 나이 많은 기러기가 다가와서 물었다.

"왜 다시 날지 않니?"

갈매기가 대답했다.

"하늘에서 쏟아진 우박을 맞았어요. 하늘은 내가 더 높이 오르는 것을 바라지 않는 것 같아요."

그러자 기러기가 나지막한 목소리로 말했다.

"공중을 나는 새들 가운데 우박 한 번 맞아보지 않은 새가 있는 줄 아느냐? 문제는 우박을 맞았다고 해서, 날아오르기를 포기한 채 너처럼 주저앉는 거란다."

그 말을 들은 갈매기가 물었다.

"그럼, 제가 어떻게 해야 하나요?"

"재난은 보다 강하게 해주는 단련인 거야. 그리고 그것은 결코 하지 못한다는 것을 알려주는 통지가 아니라, 기간이 약간 더 필요하다는 것을 깨우쳐주는 연기 통지인 거야."

그 말을 듣고 갈매기가 고개를 끄덕이자, 기러기가 다정한 목소리로 물었다.

"청춘의 또 다른 이름이 뭔지 아니?"

갈매기가 고개를 저었다.

"결코 꺾이지 않음이야."

고개를 쳐드는 갈매기의 눈동자에 파도가 일렁거렸다.

그 눈동자를 바라보며, 기러기가 말했다.

"그 우박은 널 주저앉히게 위해 떨어진 것이 아니야. 다시 도전할 수 있느냐, 없느냐 하는 것을 알아보고자 함이지."

기러기의 말에 힘을 얻은 갈매기는 다시 힘차게 날아오르기 시작했다. 』

결국, 많은 실패 속에서 경험이 축적된다는 것을 가르쳐주는 이야기다.

5. 정말 못하는 게 아니라 하지 않아서 못하는 것이다

'미래가 현재의 활동을 이끈다!'고 보았던 빌 게이츠는 도스(DOS)라 불리는 소형 컴퓨터 프로그램에서 미래를 보았고, 컴퓨터 의사 안철수는 브레인(Brain) 바이러스에서 백신

프로그램의 미래를 그렸다.

대표적 백만장자인 이들은 자신들이 원하는 방향으로 자신을 이끌어줄 목표를 세웠고, 오늘도 자신의 꿈을 달성하기 위해 끊임없이 노력하고 있다.

사람들은 보통 '평생의 목표'를 '꿈'이라고 부른다.

그러나 노력하지 않으면 꿈은 몇백 년이 흘러도 단지 꿈으로만 남을 뿐이다.

그렇다면 우리에게 필요한 것은 무엇인가?

그것은 미래에 대해 긍정적인 목표를 세우고, 어떤 고난과 역경이 닥쳐와도 언젠가는 반드시 이루어질 것이라는 믿음을 잃지 않는 것이다.

빨리 인정받지 못한다고 해서 미리 포기하지 말라.

아무리 큰 문제가 생기고 어려움이 닥쳐도 낙심하거나 포기하지 말라.

윈스턴 처칠이 말했듯이, '절대로·결코·무슨 일이 있어도' 중간에 포기하지 말라.

가장 큰 승리는 대개 최후에 오는 법이다.

우리가 어렵다고 생각하는 대부분의 일은 '정말 못하는

게 아니라, 하지 않아서 못하는 것'이다.

끈기에 대해 나폴레옹 힐이 한 말이다.

나폴레옹 힐은 끈기를 기르기 위해서, 아래의 요소들을 명심하고 실천해야 한다고 했다.

▷ 분명한 목표! — 자신이 원하는 것을 분명히 알고 있다.

▷ 간절한 욕망

▷ 자신에 대한 신뢰

▷ 체계화된 탄탄한 계획

▷ 정확한 전문 지식! — 당신의 계획이 확실하다는 것을 알 수 있다.

▷ 협력! — 당신의 목표를 이해하고 동조하며 도와주는 사람들과 협력하면, 더욱 끈기를 기를 수 있다.

▷ 습관! — 끈기는 습관으로 만들어진다.

고정관념 깨기

1. 우물 안 개구리

고정관념에서 벗어나기 위해서 우리가 첫 번째로 할 일은, 자신의 상황을 정직하게 있는 그대로 바라보는 것이다. 우물 안 개구리가 자신이 우물에 갇혀 있다는 사실을 깨달아야 하는 것처럼 말이다.

2. 사소한 일에 신경 쓰지 말라

우리는 무시해도 좋은 사소한 일로 당황하고 고민하는 경우가 참으로 많다. 사람들은 기억 속에서 사라져버릴 불평이나 불만 등을 끌어안고 고민함으로써 귀중한 시간을 허비하고 있다.

3. 크게 생각해야 크게 이룬다

'나는 못 한다'고 인정하는 것은 스스로 자신의 한계를 낮추어 규정짓는 것이다. 이 말을 바꾸어 말하면, 자신의 한계를 끊임없이 부수어 온 사람만이 정상에 오를 수 있다는 얘기다.

4. 실패를 두려워하지 말라

많은 실패 속에서 경험이 축적되는 것이다.

5. 정말 못하는 게 아니라 하지 않아서 못하는 것이다

빨리 인정받지 못한다고 해서 미리 포기하지 말라.
아무리 큰 문제가 생기고 어려움이 닥쳐와도 낙심하거나 포기하지 말라.

심리를 자극하는 설득 기법

1. 우회하라

언젠가 버나드 쇼가 극장에서 공연되고 있는 자신의 작품을 관람하게 되었을 때의 일이다.

관객 가운데 한 사람이 계속 휘파람을 불어 연극 상연을 곤란하게 만들자, 버나드 쇼가 슬그머니 그 사람의 옆자리로 다가가서 이렇게 물었다.

"연극이 재미없나 보죠?"

"네, 지독히 시시한 연극이에요."

이 말을 들은 버나드 쇼는 몹시 화가 났다.

그러나 화를 꾹 참으며, 그의 귀에다 속삭이듯 나직하게 말했다.

"저 역시 동감입니다. 그렇지만 우리 둘이서 저 많은 관객을 상대할 수야 없지 않겠습니까?"

휘파람을 불던 사람은 버나드 쇼의 말을 듣고는 이내 고개를 끄덕였다. 그리고 다시는 휘파람을 불지 않았다.

유베날크는 이렇게 충고한다.

"상대방과 이견이 생겼을 때 논쟁을 피하라. 서로의 이견은 못과 같아서 때리면 때릴수록 더욱 깊이 박히게 된다."

버나드 쇼는 상대에게 직설적으로 충고하지 않는다. 대신에 우회적인 설득을 택한다.

이것은 상대방으로 하여금 다른 형편을 생각하게 하여 자기의 잘못과 과오를 돌아보게 하고, 다시 살펴볼 수 있도록 도와주는 효과가 있다.

상대방을 설득하기 위해서는 그 사람이 처한 상황이나 조건들을 살펴보고, 가장 적절한 방법을 찾아내는 안목이 필요하다.

때로는 직설적으로 잘못을 지적하는 것도 필요하지만, 이러한 경우에는 오히려 더 상대방을 자극하는 상황이 벌어질 수도 있으므로 유의해야 한다.

따라서 이때는 오히려 상대방의 기분을 맞추어 그 의견에 동의하는 것처럼 이야기하면서, 다른 사람의 생각은 이렇지 않겠느냐고 자신의 생각을 피력한다. 이렇게 하면 분명 설득의 효과를 얻을 수 있을 것이다.

2. 잘못을 시인해라

미합중국의 독립에 크게 기여한 벤자민 프랭클린에 관한 일화를 살펴보자.

필라델피아에서 헌법 제정에 대한 의회가 개회되었을 때, 헌법제정을 위한 회의가 진행되는 도중에 개인의 의견 차이가 심해져 서로 인신공격까지 서슴지 않는 상태가 되었다.

그러자 프랭클린이 단상에 올라가 다음과 같이 말했다.

"정직하게 말합니다만, 나 역시 이 헌법에 전면적으로 찬성하지는 않습니다. 그러나 전적으로 찬성하지 못한다는 확신도 없습니다.

어떤 경우에는 나 자신도 나의 의지를 변경하지 않으면 안 될 입장에 놓인 적이 적지 않았음을 고백합니다.

이 의회에 출석하신 여러분! 상세하게 살펴보면 여러 가지 이견이 있을 줄 압니다. 그러나 그 누구라도 완전무결한 사람은 없느니만큼, 서로 양보하여 이 헌법에 찬성해 주시지 않겠습니까?"

상대방을 설득하고자 할 때, 의견 □□이로 □립된 상태에 있다면 어떻게 해야 하는가?

이때는 갈등의 원인을 제거하여 그 상황에서 벗어나는 것이 우선이다.

그러기 위한 방법으로 자신이 잘못했음을 먼저 시인하면서 숙이고 들어가는 것이다. 그러면 상대방은 대립된 상태에서 손상되었던 자존심이 어느 정도 회복되는 듯한 느낌을 받게 된다.

프랭클린도 자기의 결점을 먼저 내보이고 설득함으로써, 대립된 의견의 타결을 호소한 것이다.

상대방을 설득하고자 한다면 먼저 상대의 자존심을 살려주어야 한다. 이것은 긴 안목으로 보았을 때 설득을 위한 일보후퇴이다.

3. 같은 입장이 되어라

상대를 설득시키려면 우선 상대를 자기와 같은 입장에 서도록 유도해야 한다. 그러기 위해서는 먼저 상대방이 인간적인 공감을 불러일으키도록 감정에 호소해야 한다.

즉 자신이 처한 상황을 상대방이 이해할 수 있도록, 그리고 공감할 수 있도록 자기의 입장을 설명한다. 이를테면 상대방이 무엇인가를 해야 되겠다는 생각을 하도록 심리적인 부분을 자극하는 것이다.

상대의 입장과 자기의 입장이 동등한 것임을 강조하거나, '내 입장에서 보면 너도 이해할 것'이라는 설득은 가장 효과적인 테크닉 중 하나이다.

4. 잘못을 지적하지 말라

상대를 설득할 때는 상대방이 어떤 실수를 했을 경우에 상처가 될 말은 하지 않는 것이 좋다. 또한 상대방의 잘못을 모르는 척해 주거나, 자신도 동일한 실수를 했었음을 이야기함으로써 공감대를 형성하는 것도 한 방법이다.

상대방은 이러한 작은 배려에 고마움을 느끼게 되고 호의적인 반응을 보이게 된다.

5. 흥미를 불러일으켜라

상대방을 설득해야 하는데, 나의 이야기에 귀 기울이지 않는다면 어떻게 해야 하는가?

상대방은 자신에 관한 이야기가 아니기 때문에 관심을 갖지 않으며, 때문에 시간을 투자하는 것을 부당하다고 여길 수도 있다.

이때는 상대방이 나의 이야기에 귀 기울일 수 있도록 흥미를 유발해야 한다.

석가모니는 자신이 깨달은 바를 그의 제자들에게 설파할 때, 비유법을 사용하여 이해하기 쉽도록 배려하였다. 예수도 눈과 귀로 확인할 수 있는 비유를 사용하여 군중들에게 설교하였다. 또한 이솝의 이야기는 말하고자 하는 내용을 우화로 꾸몄기에 지금까지도 많은 사람들에게 읽히고 있다.

그렇듯이, 듣지 않는 상대방을 설득하기 위해서는 흥미를 불러일으킬 수 있는 다양한 소재가 필요하다.

상대방을 사로잡을 수 있는 다양한 소재나 예화, 구체적인 실례 등을 구하기 위해서는 다양한 종류의 책이나 신문, 잡지 등을 읽는 것이 효과적이다.

또한 늘 주변사람들에게 관심을 가지면서, 그들의 이야기를 들어주는 것도 많은 도움이 된다.

심리를 자극하는 설득 기법

1. 우회해라
유베날크는 이렇게 충고한다.
"상대방과 서로 이견이 생겼을 때 논쟁을 피하라. 서로의 이견
은 못과 같아서 때리면 때릴수록 더욱 깊이 박히게 된다."

2. 잘못을 시인해라
서로가 의견 차이로 대립된 상태에 있다면 갈등의 원인을 제거
하여 그 상황에서 벗어나는 것이 우선이다.

3. 같은 입장이 되어라
자신이 처한 상황을 상대방이 이해하고 공감할 수 있도록 자기
의 입장을 설명한다.

4. 잘못을 지적하지 말라
상대방의 잘못을 모르는 척해 주거나, 자신도 동일한 실수를
했었음을 이야기하라.

5. 흥미를 불러일으켜라
상대방이 자신의 이야기에 귀 기울일 수 있도록 흥미를 유발해
야 한다.

셰익스피어에게 배우는 설득 방법 11가지

① 준비는 많이 하되, 말은 짧게 해라

상대방을 설득할 때, 될 수 있는 대로 짧게 하는 것이 좋다.

정해진 시간 동안 해야 하는 연설의 경우도, 간단하지만 설득력 있게 하는 것이 효과적이다.

연설을 길게 하지 않고 설득력 있게 하기 위해서는, 길게 연설할 때보다도 더 준비를 철저히 해야 한다.

② 당신이 말한 것에 관해 어떤 의심도 하지 말라

당신의 목적이 논쟁할 가치가 있는 것이라면, 그것을 진술하는 것을 두려워하지 말라. 아울러 당신의 의견을 다양한 방법으로 진술한 다음에는 그것에 관해 어떠한 의심도 하지 말라.

또한 청중이나 상대방이 당신 자신도 확신하지 못하고

있는 의견에 대해 관심을 가져줄 정도로 너그러울 것이라고 기대하지 말라. 당신 자신이 갈등하고 있는데, 어떻게 다른 사람이나 전체 청중이 그것을 받아들여줄 것이라고 기대할 수 있겠는가?

③ 상대방의 견해를 이해하고 있음을 보여줘라

상대방과 일치하는 견해가 무엇이든, 당신이 다른 사람과 공유하고 있는 신념과 욕망에서부터 설득을 시작해라. 당신과 완전히 다른 목적을 갖고 있는 집단에게 말할 때라도 단 한 가지라도 일치점을 찾아내라.

당신과 그 집단 모두가 공통된 관심을 갖고 있다는 점을 부각시키고, 당신이 상대방의 순수성을 알고 있다는 점을 분명히 해라.

겸손하게 보이기보다는 상대방의 견해를 이해하고 있음을 보여줘라.

④ 당신의 요구사항을 최소한으로 줄여라

견해의 일치점을 발견했으면, 차이점을 최소한으로 줄이도록 해라.

차이점이 많을 경우, 그것들을 한꺼번에 모두 동일화시키려고 하지 마라. 그럴 경우 상대편이 압도당하거나 스스로 무력하게 느끼게 될 수도 있으므로, 가장 중요한 한 가지 또는 많아야 두 가지 정도를 선택해라.

당신이 변화를 원하고 있음을 밝히되, 일치점으로 되돌아가는 것을 잊지 말라.

⑤ 은근한 방법으로 호소해라

상대방의 욕망에 호소하되, 노골적으로 말하지 말라. 그렇지 않으면 상대방은 자신의 욕망을 감추기 위해 틀림없이 저항할 것이다.

욕망은 가장 강력한 동기를 일으키는 감정이지만, 대부분의 사람들은 그것을 있는 그대로 드러내길 꺼린다.

은근한 방법으로 호소하되, 상대방이 당신의 제안을 받아들임으로써 얻을 수 있는 혜택들을 분명히 알려줘라.

하지만 상대방이 자신의 이익을 위해 행동하면서도, 스스로를 고결하다고 느낄 수 있도록 배려함을 잊지 말라.

⑥ 논리를 바탕으로 듣는 사람의 감정에 호소해라

사람들은 논리적으로 추론하고 있다고 느끼기를 좋아하기 때문에, 물론 당신은 가능한 한 모든 논리를 사용해야만

한다.

그러나 논리에도 감정이 깃들어 있다. 어떤 문제가 아무리 감정으로부터 분리되어 있는 것처럼 보일지라도 상대편을 진정으로 움직이게 하는 것은 감정임을 인정해야 한다. 이것은 진리이다.

따라서 이성적으로 말하되, 궁극적으로는 감정에 호소해야만 상대방을 설득시킬 수 있다.

대부분의 사람은 감정에 의해 좌우되지만, 누구도 이 사실을 공개적으로 인정하는 것을 좋아하지 않는다. 그러므로 당신이 가장 감정적인 주장을 할 때마저도 단지 간단한 상식을 말하고 있는 것처럼 해야 한다.

특히 총명한 사람들이 자주 범하는 실수 중 하나가 논리적으로 보이는 주장을 하는 것인데, 논리만으로는 상대방을 설득할 수 없음을 잊지 말아야 한다.

하지만 노골적으로 감정을 드러내는 낱말들을 사용하는 것도 자제해야 한다.

⑦ 생각이나 느낌을 상대방에게 강요하지 말라

사람들은 '어떤 사안에 대해 어떻게 생각해야 한다'고 말하는 사람에게 본능적으로 사나운 분노를 터뜨린다.

"당신이 이 일을 하지 않는다면 평생 동안 후회할 것이다"라고 했을 경우, 만약 상대방이 용기 있는 사람이라면 무슨 일이든 네 멋대로 해보라는 도전으로 받아들여 당신에게 대들지도 모른다.

당신이 할 수 있는 일은, 상황을 묘사하거나 경험에 의한 당신의 느낌을 표현하는 것뿐이다. 그리하면 상대편이 당신의 생각에 이끌려올지도 모른다.

⑧ 푸념하지 말라

자기 연민을 내뱉거나, 노골적으로 푸념하지 말라. 이것은 당신을 실패자처럼 보이게 만들기 때문이다.

만약 당신이 불공평한 대접을 받았다고 불평한다면, 상대방을 동정심이 없거나 잔인하다고 비난하는 것으로 비칠 수도 있다. 또한 그것은 암암리에 상대방을 비열하다고 말하는 것처럼 들릴 여지도 있다.

그런 말 듣는 것을 좋아하는 사람은 없으므로, 상대방은 거의 틀림없이 자신의 태도를 정당화하면서 계속 똑같은 식으로 당신을 대할 것이다.

만약의 경우 불평으로 상대방을 움직였다 하더라도, 상대방은 그로 인해 자칫 당신을 자신의 삶에서 불필요한 존재로 여길 수도 있다.

사람들은 자기 연민에 빠져 무책임한 사람들과 교류하고 싶어 하지 않는다. 따라서 당신이 불평만 하는 사람이라는 인상이 심어졌으면 다른 사람보다 두 배 이상 열심히 일함으로써 그것을 만회해야 한다.

⑨ 당신의 주장을 단도직입적으로 말하지 말라

질서정연하게 증거를 제시함으로써 당신 말을 듣고 있는 사람들을 이끌어라. 그런 다음 당신의 목적을 분명하게 말하되, 상대방이 당신의 주장을 받아들일 수 있도록 증거를 제시하라.

증거는 상대방이 강요당하고 있다는 느낌이 들지 않도록 나타내야 하며, 상대방이 결론을 내릴 때 자신감을 갖도록 배려해 주는 것을 잊지 말아야 한다.

그리하여 상대방이 당신과 똑같은 결론을 내린다면 더 바랄 나위가 없을 것이다.

⑩ 웅변가처럼 보이지 말라

말을 잘하는 사람이라는 인상을 주는 것이 반드시 좋은 것만은 아니다. 당신은 듣는 이들을 감동시키고 있다고 생각할지 모르지만, 지적 능력이 부족한 사람들은 의외의 반응을 보일 수도 있기 때문이다.

따라서 현학적인 것처럼 보이는 연설에 직면했을 때, 갑자기 방어적이고 회의적으로 바뀌는 사람이 있다는 사실을 유념해야 한다.

상대방이 당신의 생각을 완전히 이해하고 받아들이기를 원한다면, 될 수 있는 대로 저자세를 유지하는 것이 바람직하다. 일단 상대방이 당신의 관점을 이해하게 된다면, 특히 당신이 웅변가가 아니라 자신들과 같은 보통 사람에 지나지 않는다는 것을 느끼게 되면, 상대방은 당신을 돕기까지 할 것이다.

⑪ 말하는 것 이상의 무엇이 있음을 암시해라

상대방으로 하여금 당신이 아직 하지 못한 말이 많다고 느끼게 만들어라. 당신의 입장을 옹호할 모든 세세한 사항들과 이유들이 있음을 은근히 부각시켜라.

하지만 듣는 사람들의 수고를 덜어줘라. 그리고 당신이 상대방의 수고를 덜어주고 있다는 것을, 즉 많은 것들 중 일부만 이야기하고 있다는 것을 그들에게 암시해라.

셰익스피어에게 배우는 설득 방법 11가지

① 준비는 많이 하되, 말은 짧게 해라.

② 당신이 말한 것에 관해 어떤 의심도 하지 말라.

③ 상대방의 견해를 이해하고 있음을 보여줘라.

④ 당신의 요구사항을 최소한으로 줄여라.

⑤ 은근한 방법으로 호소해라.

⑥ 논리를 바탕으로 듣는 사람의 감정에 호소해라.

⑦ 생각이나 느낌을 상대방에게 강요하지 말라.

⑧ 푸념하지 말라.

⑨ 당신의 주장을 단도직입적으로 말하지 말라.

⑩ 웅변가처럼 보이지 말라.

⑪ 말하는 것 이상의 무엇이 있음을 암시해라.

단순 명쾌하게 스피치 하는 방법

1. 스피치란 무엇인가?

피터 드러커는 "인간에게 가장 중요한 능력은 자기표현이며, 현대의 경험이나 관리는 커뮤니케이션에 의해 좌우된다"고 언급했다.

'말'이 우리 생활에 미치는 영향이 매우 크기 때문에 제대로 말을 하는 방법에 대한 노력이 그만큼 커지고 있다. 때문에 말을 제대로 하기 위해서는 말하는 법을 배워야 한다.

예전에는 웅변이나 연설 등 특별한 경우에만 말하는 훈련이 필요하다고 여겼다. 그러나 요즘은 '화술이나 스피치'라 하여 다양한 형태의 표현 방법이 연구되고 있다.

스피치는 어려운 것이 아니다. 단지 지나치게 관념적이거나 혼란스러운 표현보다는 전달하고자 하는 의미를 복잡하지 않으면서 단순 명쾌하게 말하라는 것이다.

스피치란 '말', '말하기', '발언' 또는 '말하는 능력'을 통칭하는 말이다. 그러나 일반적인 의미의 스피치는 주어진 시간과 장소에서 다수의 사람을 대상으로 기술적으로 말하는 것을 뜻한다. 한 마디로 스피치는 '3w 1h'라고 요약할 수 있다. 즉 '누가(who), 누구에게(whom), 무엇을(what), 어떻게(how) 말할 것인가'이다.

우리는 말을 통해 자신의 의사나 의도하는 바를 상대방에게 전달하게 되고, 반대로 타인의 의사나 의도도 알게 된다. 말이나 스피치는 이와 같이 인간의 생각을 효과적으로 전달해 주는 중요한 매개 역할을 한다.

따라서 스피치를 못하면 자신의 능력을 충분히 표출시키기 어렵다. 반면에 스피치를 잘하면 인생의 목적을 쉽게 달성할 수 있다.

촌철살인이라는 말도 있듯이, 한 마디 말로 상대방을 설복시킬 수도 있고 항복하게 할 수도 있으며, 반대로 한 마디 말로 타인을 죽음에 이르게 하거나 평생토록 한 맺히게 할 수도 있다.

한 마디로, 스피치는 인생의 목적지로 이끌어주는 배[船]이다.

2. 좋은 스피치의 조건

① 신뢰감을 주는 스피치여야 한다

좋은 스피치의 우선 조건은 진실함이다. 단순히 윤리나 도덕을 지키자는 이상주의적 발상에서 진실된 스피치를 강조하는 것이 아니라, 진실된 스피치만이 효과적인 스피치라는 실용주의에 입각하여 강조하는 것이다.

평소의 행동과 스피치가 진실하면 그 효과가 누적되어 결국에는 청중의 신뢰를 끌어낼 수 있게 된다. 청중이 연사에게 부여하는 신뢰감의 정도는 그 스피치의 성패에 커다란 영향을 미친다.

청중은 평소 신뢰하고 있는 연사가 하는 말은 증거가 없어도 믿게 되며, 평소에 신뢰하지 않는 연사가 하는 말은 아무리 완벽한 증거를 들이대도 믿지 않는다. 따라서 장기적으로 볼 때, 진실한 스피치가 가장 효과적이다.

② 명쾌한 스피치여야 한다

스피치에서 연사는 자신의 입장을 명확히 밝혀야 한다. 이처럼 명쾌한 스피치를 하기 위해서는 다음 세 가지 요소가 분명해야 한다.

첫째, 주장이나 결론이 분명히 제시되어야 한다.

연사가 주장하고자 하는 내용이 좋은지 나쁜지, 이렇게 해야 좋을지 저렇게 해야 좋을지를 밝히지 못한 채 청중의 머릿속에 '그래서 어떻다는 말이냐?'라는 질문을 떠올리게 하는 스피치는 좋은 스피치라 할 수 없다.

둘째, 논리와 조직이 일반적이고 체계적이어야 한다.

만약 설득을 목적으로 하는 스피치라면 논리가 정연해야 설득력이 있다. 정보 제공을 목적으로 하는 스피치라고 하면 체계가 있어야 이해하기 쉽다.

이처럼 스피치의 목적에 따라 자신이 말하고자 하는 내용을 완전하게 파악하고 이해하고 있어야 한다.

셋째, 표현이 명쾌해야 한다.

아무리 주장과 논리, 그리고 결론과 체계가 명쾌하게 제시되더라도 표현이 모호하거나 이중적이면 스피치 전체가 불분명해진다. 따라서 좋은 스피치가 되기 위해서는 의미가 명확한 언어로 전달되어야 한다.

③ 간결한 스피치여야 한다

스피치는 가능한 한 간결해야 한다. 스피치의 내용이 지나치게 복잡하거나 맺고 끊는 맛이 없이 자꾸만 늘어지면 청중은 혼란에 빠지게 된다.

그리고 청중이 일단 요지를 놓치게 되면 더 이상 그 스피치를 이해하기 위해 관심을 기울이지 않으면서 연사의 무능력을 탓하게 된다.

간결한 스피치는 전체적으로 잘 조직되어야 하며, 각각의 주장이 간명한 논리로 입증되어야 한다.

서론은 청중의 주의를 집중시키고 관심을 유발하여 주제를 주입시키는 데 그 목적이 있고, 결론은 지금까지의 주장을 요약하여 캡슐화하는 데 그 목적이 있다.

④ 시기적절한 스피치여야 한다

가장 효과적인 스피치를 위해서는 때와 장소에 맞는 적절한 대응이 필요하다.

따라서 청중의 성격이나 반응 그리고 주어진 여러 가지 상황 조건에 따라 스피치의 내용과 발표하는 양식을 변화시켜야 한다.

⑤ 유머가 있는 스피치여야 한다

처음 만나는 사람이나 청중에게 친밀한 인상을 주는 데 유머만큼 효과적인 것은 없다.

3. 스피치를 잘하기 위한 기법

① 서두를 힘 있게 시작한다

깜짝 놀랄 만한 통계나 유머러스한 인용구로 청중의 주의를 사로잡는다.

② 일화, 실례, 증거를 많이 사용한다

청중에게 직접 연관이 되고, 연설의 흐름을 도울 수 있는 것을 구체적으로 드라마틱하게 이야기한다.

③ 구어체를 쓴다

듣는 사람으로 하여금 친근감을 느낄 수 있도록 일상 회화에서처럼 쉬운 단어, 짧은 문장, 반복, 질문 등을 사용한다.

④ 시각적으로 묘사한다

시각적으로 묘사하면, 청중들의 상상력을 자극하여 똑같은 메시지라도 훨씬 강렬한 인상을 준다.

⑤ 기쁘고 편안하게 말한다

연사가 여유 있고 편안해 보이면 듣는 사람들도 부담이

없다. 연사가 마지못해 이야기하는 것처럼 보일 경우, 감동받을 청중은 한 사람도 없을 것이다.

⑥ 긍정적으로 이야기한다

사람들은 두려움을 자극하는 사람보다는 희망을 주고 용기를 주는 사람을 좋아한다.

⑦ 활기차게 말한다

청중의 분위기는 연사가 컨트롤하기 마련이다. 연사가 활기 있게 이야기하는데 졸고 있는 사람은 별로 없을 것이다. 얼굴에 생기를 띠고 말하라.

⑧ 진지하게 말한다

훌륭한 연설이 말로 그치는 빈껍데기가 아니라는 사실을 입증하기 위해서는 말 한마디 한 마디를 진지하게 해야 한다. 또는 적어도 그렇게 보이도록 해야 한다.

⑨ 자신 있게 말한다

자기가 말하고 있는 것을 분명히 알고 있다는 인상을 줘야 한다. 권위자로 초빙된 연사가 확신 없이 말하면, 청중의 실망은 이만저만한 것이 아니다.

⑩ 청중에게 골고루 시선을 준다

허공이나 원고에 시선을 고정시키거나 한쪽만 집중적으로 처다보지 말고, 청중 한 사람 한 사람에게 따뜻한 시선을 골고루 보낸다.

단순 명쾌하게 스피치 하는 방법

1. 스피치란 무엇인가?

지나치게 관념적이거나 혼란스러운 표현보다는, 전달하고자 하는 의미를 복잡하지 않으면서 단순 명쾌하게 말하는 것이다.

2. 좋은 스피치의 조건

① 신뢰감을 주는 스피치여야 한다.

② 명쾌한 스피치여야 한다.

③ 간결한 스피치여야 한다.

④ 시기적절한 스피치여야 한다.

⑤ 유머가 있는 스피치여야 한다.

3. 스피치를 잘하기 위한 기법

① 서두를 힘 있게 시작한다.

② 일화, 실례, 증거를 많이 사용한다.

③ 구어체를 쓴다.

④ 시각적으로 묘사한다.

⑤ 기쁘고 편안하게 말한다.

⑥ 긍정적으로 이야기한다.

⑦ 활기차게 말한다.

⑧ 진지하게 말한다.

⑨ 자신 있게 말한다.

⑩ 청중에게 골고루 시선을 준다.

효과적인 대화의 기술

대화란 무엇인가? 사전에서는 '서로 대면하여 하는 이야기, 화법, 대담'이라고 풀이한다.

대화는 우선 말하는 이와 듣는 이가 있어야 성립된다. 그리고 전달되는 내용, 양자가 무엇 때문에 말하고 듣고 있는지에 해당하는 목적이 분명하게 있어야 한다.

즉 누군가가 누군가에게 어떠한 목적을 위해, 말이라는 개체를 빌어 전달하는 것을 받아들이는 것, 그리고 이것이 서로 소통될 때 비로소 대화가 성립되는 것이다.

1. 대화 기법이란?

흔히 말과 대화를 같은 것으로 이해하여, 말을 잘하는 사람이 대화를 잘하는 것으로 생각하는 경향이 있다. 또는 '나는 발표는 잘하는데, 상대방과 말하는 것은 어렵다'라고 말하는 사람도 적지 않다.

그런데 자세히 살펴보면, 말은 자신의 의사를 전달하는 과정이어서 일방통행인 반면, 대화는 의사를 교환하는 과정이어서 양방통행이다.

대화는 이처럼 상대방과의 상호관계에서 이루어지기 때문에, 자기의 생각이나 의견을 상대방에게 효과적으로 잘 전달하고 상대방이 원하는 것을 잘 들어줄 때만 효과적인 의사소통이 가능해지는 것이다.

그러나 우리는 대화할 때 어떠한가?

자기의 생각이나 의견 등 자신이 간절하게 나타내고 싶은 것이 있음에도 불구하고 체면이나 눈치 등으로 인해 자신의 권리나 욕구를 포기하고 얌전한 척, 겸손한 척, 예절바른 척, 자신을 속이면서 아무 말도 하지 않고 있지는 않은가? 또는 전혀 마음에도 없는 말을 한다거나, 또는 상대방의 권리나 느낌 등을 고려하지 않은 채 자신의 권리나 욕구만을 내세우기 위해 목청을 높이지는 않은가?

그렇게 되면 효과적인 인간관계를 유지하는 데 어려움이 야기될 것이 분명하다.

따라서 대인관계에서 상대방의 인격을 존중하면서도 자

신의 생각이나 의견, 느낌 등을 상대방에게 솔직하게 표현할 수 있는 효과적인 대화방법과 기술을 익히는 것이 필요하다.

그렇다면 자신의 권리도 찾고 대인관계를 향상시키기 위한 훈련에는 어떤 것이 있을까? 그 방법을 알아보자.

2. 대화의 기본 태도

사람들은 태어나 말을 하는 순간부터 눈을 감는 순간까지 셀 수 없이 많은 사람들과 대화한다. 그 상대는 가족이거나 친구, 배우자, 직장동료에서부터 일로 얽힌 사람들, 그리고 우연히 만난 사람들까지 셀 수 없이 많다.

그렇다면 대화를 위한 기본적인 태도는 무엇인가?

① 상대방을 한 개인으로 존중하는 것이다

이것은 상대방을 인간적으로 존중함은 물론, 그의 감정·사고·행동을 평가하거나 비판 또는 판단하지 않고 있는 그대로 받아들이는 태도이다.

② 상대방을 성실한 마음으로 대하는 것이다

이것은 상대방과의 관계에서 느낀 감정과 생각 등을 긍정

적이든 부정적이든 솔직하고 성실하게 표현하는 태도를 말
한다.

이러한 감정의 표현은 상대방과의 솔직한 의사 및 감정의
교류를 가능하도록 도와주기 때문이다.

③ 상대방의 입장에 공감하며 이해하는 것이다

이것은 자신의 생각이나 느낌·가치·도덕관 등의 선입
견이나 편견을 가지고 상대방을 이해하려 하지 않고, 상대방
으로 하여금 자신이 이해받고 있다는 느낌을 갖도록 하는
것이다.

3. 효과적인 대화법

말하는 것을 보면 그 사람의 교양·마음씨·인격을 알
수 있다.

즉 말과 인격, 말과 교양은 종이의 앞뒷면과 같아서 훌륭
한 인격과 교양을 가진 사람은 자연히 예의 바르고 품위
있는 말을 쓰게 된다. 이와는 반대로 인격과 교양이 보잘
것 없는 사람은 예의나 품위와는 동떨어진 말을 쓰는 경우가
적지 않다.

이슬람 수피파의 잠언에 이런 글이 있다.

남의 말에 귀를 기울여라, 신중할지어다.
그러나 말수는 적어야 하느니라.
묻는 사람이 없거든 절대 입을 열지 말라.
물음을 받거든 당장 간단히 대답하라.
행여 물음에 대해 모른다고 해도
그것을 고백하기를 부끄러워하지 말라.

인사가 서로에 대해 자신의 존재를 알리는 것이라면, 대화는 보다 실질적이면서 구체적으로 자신을 드러내는 것이다.

그런 의미에서 볼 때, 대화는 의사소통을 함으로써 친밀성을 갖게 해주는 매개체인 것이다.

말 한마디를 잘못함으로써 일이 어긋나거나 관계마저 멀어지는 경우도 있지만, 천 냥 빚을 한순간에 갚아버릴 수 있게 하는 것 또한 바로 말이다.

그렇다면 어떻게 대화하는 것이 효과적일까?

① 상대의 말을 가급적 많이 들어준다

상대의 말이 끝나기도 전에 리듬을 깨버리거나 반박하는 것은 아주 잘못된 태도이다. 그로 인해 기분이 상한 상대방이 더 중요한 말을 하지 않을 수도 있기 때문이다.

또한 급하고 예의 없는 당신의 행동을 보고 신뢰하지 못할 사람이라고 생각할 수도 있다. 대부분의 사람들은 자신의 말을 진지하게 들어주는 사람에게 호감을 가지며, 일을 맡기고 싶어 하니까 말이다.

그런 의미에서 볼 때, 말을 잘하기 위해서는 말수를 줄이는 것도 한 방법이 될 수 있다.

말을 많이 하는 것은 상대방의 말을 중간에서 끊는 것만큼이나 위험한 행위다. 말이 적을수록 말을 잘하는 사람이라는 사실을 명심해야 한다.

한낱 말솜씨는 '회의가'를 낳을 수는 있지만 '철학자'를 만들지는 못한다는 말도 있지 않은가.

또한 과거를 들추며 요란하게 치장하는 것보다는 미래를 위해 사고하는 인간형이 바람직하다는 사실을 명심하자.

아울러, 말이 많아지면 빈 수레가 내는 소음 정도로 취급당할 수도 있음을 잊지 말자.

② 지나친 침묵은 돌이다

침묵은 금이라고 하지만, 무조건 듣기만 하다 보면 돌이 되고 만다.

대화 중에 침묵을 지키는 사람은 모든 것을 알고 있는 사람이거나 아무것도 모르는 사람이라는 말이 있다.

하지만 상대와 처음 대면하는 자리이고, 무언가 일을 추진하기 위한 순간이라면 상황은 다르다. 상대는 침묵하는 당신이 모든 것을 이해하고 있다고 생각하지는 않기 때문이다.

따라서 생산적으로 대화를 하기 위해서는 상황에 맞게 수긍하거나 질문을 던지는 것도 한 방법이다.

마구 지껄이는 사람은 엉뚱한 시간을 가리키고 있는 잘못된 시계와 같고, 묵묵히 침묵을 지키는 사람은 고장 나서 움직이지 않는 시계와 같다는 말이 괜히 있는 것이 아니다.

③ 상황에 맞게 대답해라

무턱대고 상대의 말끝마다 '예'라든가 '맞습니다'라고 추임새를 넣는 것은 대화에 도움이 되지 않는다.

그보다는 진지한 태도로 상대방의 말을 듣고 나서, 그 내용을 잘 기억하고 있다가 적절하게 사용하는 것이 더 효과적이다.

이를테면, 상대에게 그 말을 재확인시켜줄 때 슬쩍 꺼내면 상대는 자신의 생각을 보다 쉽게 정리할 수 있기 때문에 당신의 배려에 감사할 수도 있다.

● 효과적인 대화법 10가지

ⓐ 인사말은 명확하게 하며, 경직되지 않은 평온한 얼굴을 유지한다.

ⓑ 가슴은 펴고, 고개는 든 채 부드러운 시선을 유지한다.

ⓒ 상대와의 거리는 1미터를 넘지 않는 것이 좋다.

ⓓ 상대의 눈을 보며 시종일관 정중한 자세를 유지한다.

ⓔ 건조한 말투보다는 리드미컬하게 표현한다.

ⓕ 항상 존칭을 잊지 말고 긍정적인 표현을 쓴다.

ⓖ 상대의 말을 끝까지 듣고, '예'와 '아니오'의 구분을 확실히 한다.

ⓗ 중요한 부분에서는 악센트를 적절히 활용한다.

ⓘ 상대가 제시한 핵심 포인트에 대해 한 번 더 질문하여 신뢰를 얻는다.

ⓙ 대화를 마칠 때도 명확히 하며, 예의바른 인사를 잊지 않는다.

효과적인 대화의 기술

1. 대화 기법이란?
대화는 상대방과의 상호관계에서 이루어지기 때문에, 자기의 생각이나 의견을 상대방에게 잘 전달하고 상대방이 원하는 것을 잘 들어주어야만 효과적인 의사소통이 가능하다.

2. 대화의 기본 태도
① 상대방을 한 개인으로 존중하는 것이다.
② 상대방을 성실한 마음으로 대하는 것이다.
③ 상대방의 입장에 공감하며 이해하는 것이다.

3. 효과적인 대화법
① 상대의 말을 가급적 많이 들어준다.
② 지나친 침묵은 돌이다.
③ 상황에 맞게 대답해라.

상황에 따른 대화법

대화를 하다보면 곤란한 말을 해야 할 때도 있고, 불쾌한 감정을 타인에게 전해야 할 때도 있다.

상황에 따른 응대 화법을 알아보자.

① 상대방의 잘못을 지적할 때

상대방이 알 수 있도록 확실하게 지적한다. 모호한 표현은 설득력을 약화시킨다.

상대방의 잘못을 지적할 때는 먼저 상대방과의 관계를 고려한다. 힘이나 입장의 차이가 클수록 저항이 적다. 또한 지금 당장 꾸짖고 있는 내용에만 한정해야지, 이것저것 함께 꾸짖으면 효과가 없다.

아울러 뒤처리를 잊지 말아야 한다. 특히 명심할 것은 불필요한 한마디를 덧붙여서는 안 된다는 것이다.

상대방이 늦었을 경우에 '늦었다'는 사실을 지적하는 것은 괜찮지만, '당신은 왜 항상 늦는 거요?'라고 추궁하듯이 묻는 것은 금물이다.

② 상대방을 칭찬할 때

칭찬은 별다른 노력을 기울이지 않아도 항상 상대방을 기분 좋게 만든다. 그러나 자칫 잘못하면 아부로 여겨질 수 있으므로, 칭찬도 센스 있게 해야 한다.

예를 들면, 본인이 중요하게 여기는 것을 칭찬한다. 처음 만나는 사람에게 말을 할 때는 먼저 칭찬으로 시작하는 것이 좋다. '사무실이 아주 좋은 곳에 있군요' 같은 간단한 칭찬이 상대를 기쁘게 한다.

③ 상대방에게 부탁해야 할 때

먼저 상대의 사정을 듣는다. '괜찮습니까?' 하고 상대의 사정을 우선시하는 태도를 보여준다.

그런 다음, 응하기 쉽게 구체적으로 부탁한다. 기간·비용·순서 등을 명확하게 제시하면 상대방이 한결 받아들이기 쉽다.

거절을 당해도 싫은 내색을 하지 말아야 한다.

④ 상대방의 요구를 거절해야 할 때

먼저 사과한 다음, 응해줄 수 없는 이유를 설명한다. 불가능하다고 여겨질 때는 모호한 태도를 보이는 것보다 단호하게 거절하는 것이 좋다.

그러나 거절을 하는 경우에도 테크닉이 필요하다. 정색을 하면서 '안 된다'고 딱 부러지게 말을 하면 상대가 감정을 갖게 되고, 자칫하면 인간관계까지 나빠질 수 있으므로 주의해야 한다.

⑤ 명령해야 할 때

'○○을 이렇게 해라!' 식으로 하인 다루듯 강압적으로 말하기보다는 '○○을 이렇게 해주는 것이 어떻겠습니까?' 식으로 부드럽게 표현하는 것이 훨씬 효과적이다.

⑥ 설득해야 할 때

일방적으로 강요하거나 상대방에게만 손해를 보라는 식으로 하는 '밀어붙이기 식' 대화는 금물이다.

먼저 양보해서 이익을 공유하겠다는 의지를 보여주어야만 상대방도 받아들이게 된다. 따라서 자신이 변해야 상대방도 변한다는 사실부터 받아들여야 한다.

⑦ 충고해야 할 때

사람들은 자신의 존재와 능력을 인정해 주고 칭찬해 주는 사람에게 마음을 열게 되어 있다. 자신에게 부정적이거나 거부반응을 보이는 사람에게는 결코 타협적이거나 우호적일 수 없다는 사실을 잊어서는 안 된다.

충고는 마지막 방법이다. 하지만 그래도 충고를 해야 할 상황이면, 예화를 들어 비유법으로 깨우쳐주는 것이 바람직하다.

⑧ 질책해야 할 때

질책 화법에 샌드위치 화법이 있다.

샌드위치 화법이란 '칭찬의 말' + '질책의 말' + '격려의 말'처럼, 질책을 가운데 두고 칭찬을 먼저 한 다음 끝에 격려의 말을 하는 것이다. 그리하면 듣는 사람이 반발하지 않고 받아들이게 된다.

혹 비난을 하고 싶은 생각이 들 경우, 비난하거나 야유하는 말은 결국 부메랑이 되어 자신에게 다시 돌아온다는 사실을 먼저 떠올리도록 하자.

상황에 따른 대화법

① 상대방의 잘못을 지적할 때
상대방이 알 수 있도록 확실하게 지적한다.

② 상대방을 칭찬할 때
자칫 잘못하면 아부로 여겨질 수 있으므로, 칭찬도 센스 있게 해야 한다.

③ 상대방에게 부탁해야 할 때
먼저 상대방의 사정을 들은 다음, 응하기 쉽게 구체적으로 부탁한다.

④ 상대방의 요구를 거절해야 할 때
먼저 사과한 다음, 응해줄 수 없는 이유를 설명한다.

⑤ 명령해야 할 때
'○○을 이렇게 해주는 것이 어떻겠습니까?'가 훨씬 효과적이다.

⑥ 설득해야 할 때
일방적으로 강요하거나 상대방에게만 손해를 보라는 식으로 하는 '밀어 붙이기 식' 대화는 금물이다.

⑦ 충고해야 할 때
예화를 들어 비유법으로 깨우쳐주는 것이 바람직하다.

⑧ 질책해야 할 때
샌드위치 화법, 즉 '칭찬의 말' + '질책의 말' + '칭찬의 말'을 사용하여, 반발하지 않고 받아들이게 한다.

좋은 대화 상대가 되는 법

훌륭한 대화 상대가 되려면 다른 사람의 마음을 읽어낼 줄 알아야 한다. 좋은 말은 더 기분 좋게, 부담스러운 내용이라도 실망이나 다툼을 야기하지 않고 상호 이해에 이를 수 있도록 부드럽게 처리하는 요령이 필요하다.

성의 있고 진실한 자세, 상대에 대한 세심한 관찰, 긍정과 공감에 초점을 둔 대화 기법을 습득하고 있다면 안정감 있는 인간관계를 이루는 것이 그리 어렵지는 않을 것이다.

① 올바른 대화법을 위해 독서를 해라

대화는 일방적인 것이 아니라 주고받는 것이다. 따라서 상대방의 채널에 맞춘다는 기분으로 하는 것이 바람직한 대화법이다.

핵심은 구체적으로 짚되, 표현은 가능한 한 간결하게 해

라. 중언부언은 가장 나쁜 대화 버릇이다.

상대방이 말할 때 '지금 당신의 이야기를 이해하고 있다'
는 신호를 보내면서 가능한 한 끝까지 들어준다.

올바른 대화법의 기본은 독서에 있다. 유창하고 능숙한
말솜씨를 가지려면 풍부한 어휘력이 필요한데, 어휘력을 기
르는 데는 책을 읽는 것이 크게 도움이 된다.

대화에 반드시 필요한 유머 감각 역시 자신감과 지식에서
비롯됨은 말할 나위가 없다.

② 좋은 청중이 되라

말을 잘하는 사람은 남의 말을 잘 듣는 사람이다. 평판
좋은 이들을 보면 대개 말수가 적고, 상대편보다 나중에 이
야기하며, 다른 이의 말에 세심히 귀를 기울임을 알 수 있다.

대화의 목적을 파악한 뒤 그 기준에 맞추어 상대방의 말을
경청한다. 상대방의 말이 채 끝나기 전에 어떤 답을 할까
궁리하는 것은 좋지 않다. 주의가 분산돼 경청에 몰입하는
것이 어려워지기 때문이다.

불필요한 감정, 시간의 소모 없이 생산적인 대화를 이끌어
가기 위해서는 상대방의 성격, 인품, 습관을 미리 파악하는
것도 한 방법이다.

③ 칭찬을 아끼지 말라

사람은 자신을 칭찬하는 사람을 칭찬하고 싶어 한다. 그러므로 남을 칭찬하는 것은 곧 나를 칭찬하는 일이다.

누구라도 한두 가지 장점을 갖고 있게 마련이다. 그것을 발견하여 진심 어린 말로 용기를 북돋워준다. 간혹 보면 거짓 찬사를 늘어놓는 사람이 있는데, 그럴 경우 오히려 관계를 더 뒤틀리게 할 수도 있으므로 주의해야 한다. 아첨인지 칭찬인지는 듣는 사람이 더 빨리 파악하는 법이니까.

또 한 가지, 심리학자 아른손의 연구에 의하면 사람들은 비난을 듣다 나중에 칭찬을 받게 되었을 때 계속 칭찬을 들어온 것보다 더 큰 호감을 느낀다고 한다. 참고하되, 세련되게 하지 않으면 도리어 낭패를 볼 수 있으므로 주의해야 한다.

④ 공감하고, 긍정적으로 보이게 해라

가장 쉬운 방법은 상대편의 말을 그대로 받아서 맞장구를 치는 것이다. '요즘 사업하기 너무 힘들어'라는 말을 들었을 때, 곧 '정말 힘이 드시겠군요' 하고 맞장구를 쳐주면 상대방이 편안함을 느낄 것이다. 사람은 자신의 희로애락에 공감하는 이들에게서 안정감과 친근감을 느끼기 때문이다.

'긍정의 기술'도 필요하다. '얼굴이 왜 그렇게 안 좋아요?'라고 하는 것보다는 '요즘 바쁘신가 봐요. 역시 능력 있는 분은 다르군요'라고 말해주는 편이 훨씬 효과적이다.

또한 '당신이 이렇게 멋있었나!'라고 하는 것보다, '당신 정말 멋있어!'라고 표현하는 쪽이 훨씬 더 담백하고 긍정적으로 보이게 한다.

그때그때 적절한 감탄사를 동원하여 맞장구를 치는가 하면, 조심스럽게 의견을 제시해 봐라. 그렇게 하면 상대방은 당신이 자신의 말을 경청하고 있다는 느낌을 확실히 가질 것이다.

⑤ 겸손은 최고의 미덕임을 잊지 말라

남 앞에서 자신의 장점을 자랑하고 싶은 것은 인지상정이다. 그러나 이러한 욕구를 적정선에서 제어하지 못하면 만나는 데 부담스럽고 껄끄러운 사람으로 낙인찍히게 된다.

내면적으로 자신감을 갖고 있는 것과 잘난 척하는 것 사이에는 큰 차이가 있다. 장점은 남이 인정해 주는 것이지, 자신이 애써 부각시킨다고 해서 공식화되는 것이 아님을 잊지 말아야 한다.

또 너무 완벽해 보이는 사람에겐 거리감이 느껴질 수도

있으므로, 자신의 단점과 실패담을 앞세움으로써 더 많은 지지자를 얻을 수 있다는 사실을 기억하기 바란다.

⑥ 과감하게 공개해라

비밀의 공유는 강력한 유대감을 불러온다. 좋은 관계를 유지하고 싶은 상대방에게 먼저 자신의 속내를 드러내면, 상당한 효력을 발휘할 것이다.

이는 곧 '나는 당신을 나 자신처럼 믿는다'는 신뢰의 표현이기 때문이다.

⑦ '뒷말'을 숨기지 말라

별것 아닌 일에도 버릇처럼 중의적인 표현을 사용하는 사람들이 있는데, 이는 곧이곧대로 칭찬하거나 감탄하는 대신에 석연치 않은 뉘앙스를 풍겨 상대방을 몹시 기분 나쁘게 한다. 피해야 할 대표적인 어법 중 하나이다.

특수한 상황이 아니라면 비꼬거나 빈정대는 듯한 표현은 삼가는 것이 좋다.

산뜻한 칭찬과 비판은 대화의 격을 높인다. 반대로 단정적인 말은 금물이다. 따라서 같은 내용이라도 보다 완곡하게 표현할 수 있도록 평소에 훈련해야 한다.

⑧ 첫마디 말을 준비해라

대화에도 준비가 필요하다. 첫 만남을 앞둔 시점이라면 어떤 말로 이야기를 풀어갈지 미리 생각해 두는 것이 좋다. 재치 있는 말이 떠오르지 않을 때는 신문 또는 잡지를 참고하거나, 그 날의 대화주제와 관련된 옛 경험을 떠올려보는 것도 한 방법이다.

사업상의 만남일 경우, 상대방이 미처 생각하지 못하고 있을 법한 분야에 대한 지식을 한두 가지라도 쌓아두면 큰 도움이 된다.

⑨ 이성과 감성의 조화를 꾀해라

논리적 언변은 대화를 이끌어가는 데 큰 힘이 된다. 그러나 이견이 있거나 논쟁이 붙었을 때 무조건 앞 뒷말의 '논리적 개연성'만 따지고 드는 자세는 바람직하지 않다. 그러한 자세는 사태 해결에도 도움이 되지 않지만, 설사 논쟁에서 승리한다 해도 두 사람의 관계를 예전으로 돌려놓는 것은 거의 불가능해진다.

학문적·사업적 토론에는 진지하게 임하되 인신공격성 발언은 피하도록 한다. 또한 제압을 위한 논리를 앞세우지 말고, 합의를 위한 논리를 지향해야 한다.

논쟁이 일단락된 다음에는 반드시 서로의 감정을 다독이는 과정을 밟도록 한다. 논쟁 자체가 큰 의미가 없는 것일 땐 감정에 호소하는 말로 사태를 수습하는 것도 나쁘지 않은 방법이다.

⑩ 대화의 룰을 지켜라

좋은 대화에는 일정한 규칙이 있다.

▷ 상대방의 말을 가로막지 않는다.

▷ 혼자서 대화를 독점하지 않는다.

▷ 의견을 제시할 땐 반론 기회를 준다.

▷ 임의로 화제를 바꾸지 않는다.

익히 알고 있는 것들이지만 지키기는 쉽지 않다.

말을 주고받는 순서, 그리고 자기가 하려는 말의 분량을 늘 염두에 두고 있으면 실수를 줄일 수 있다.

⑪ 문장을 완전하게 말해라

그냥 '됐어요'라고 하는 것보다는 '저 혼자 옮길 수 있습니다'라든지, '갈게요'보다는 '다녀오겠습니다'가 훨씬 단정하고 분명하다.

축약된 말은 자칫 무례하거나 건방지다는 느낌을 줄 수

있지만, 바른 말로 이루어진 완전한 문장은 말하는 이의 품
격을 높여줄 뿐 아니라 원활한 의사소통에도 도움이 된다.

좋은 대화 상대가 되는 법

① 올바른 대화법을 위해 독서를 해라.

② 좋은 청중이 되라.

③ 칭찬을 아끼지 말라.

④ 공감하고, 긍정적으로 보이게 해라.

⑤ 겸손은 최고의 미덕임을 잊지 말라.

⑥ 과감하게 공개해라.

⑦ '뒷말'을 숨기지 말라.

⑧ 첫마디 말을 준비해라.

⑨ 이성과 감성의 조화를 꾀해라.

⑩ 대화의 룰을 지켜라

⑪ 문장을 완전하게 말해라.

성공적인 대화 기술

1. '그럴 수도' 대화법

대화에서 호기심을 불러일으키는 것 중 하나가 '그럴 수
도' 대화법이다. 이것은 상대방의 이야기를 선택하거나 판단
하지 않으며, 설사 판단과 선택을 했다 하더라도 그것을 섣
불리 믿지 않는 '윈윈 대화법'을 말한다.

예를 들어, 누군가가 당신의 의견에 반대한다고 가정해
보자. 그때 '그럴 수도 있겠지'라고 말하는 것이 바로 '그럴
수도' 대화법이다.

이 대화법은 사물을 보는 개개인의 관점과 느낌이 중요하
다는 사실을 깨닫게 해준다.

자신이 결과적으로 무엇을 하게 되든, 그리고 자기 생각이
상대방의 이야기에 영향을 미치든 아니든 상관없이 양쪽의

견해는 모두 중요한 것이다.

그럴 수도 대화법은 다음과 같은 특징을 지니고 있다.

① 나와 상대방은 똑같은 취급을 받을 수 있다는 것을 전제로 한다.

② 나와 상대방의 생각 및 느낌을 해치지 않고, 그것을 충분히 주장할 수 있는 바탕을 마련해 준다.

③ 양쪽 모두를 인정하는 것이므로 서로 보다 깊은 친밀감을 느끼게 된다.

④ 나의 뜻을 보다 분명히 할 수 있는 기회가 생긴다.

상대방을 이해한다는 것은 상대방의 말에 적극적으로 반응한다는 것을 의미한다. 사람은 누구나 자신이 말하고 느끼는 것을 상대방도 확실히 느끼기를 기대한다.

예를 들어 새 자동차를 뽑아 잔뜩 기대감을 갖고 '이 차, 어때?'라고 질문했을 때, '응, 괜찮네'라는 반응보다 '정말 끝내주는데!'라든가 '부럽다' 또는 '나도 갖고 싶어'라는 반응을 더 좋아하게 마련이다.

이것을 반대로 생각하면 타인의 말을 들을 때, 그처럼 반응하면 설득이 쉬워진다는 것을 뜻한다. 그 이유는 받은 만큼 돌려주지 않으면 불편해하는 인간심리 때문이다.

따라서 대화에 적극적으로 참여하고 반응할수록 대화의
효과는 높아진다.

2. 눈 맞춤 · 몰입 경청 · 메아리

① 눈 맞춤

성공적인 대화 기술에 있어서 가장 중요한 것은 눈 맞춤이
다. 눈 맞춤 없이 이야기한다는 것은 그만큼 상대방을 배려
하지 않는 것이고, 상대방에 대해 관심이 없는 것이며, 상대
방과 적극적인 대화를 원하지 않는다는 의미이다.

그렇기 때문에 상대방과 눈 맞춤을 한다는 것은 가장 기본
적인 대화법이다.

② 몰입 경청

눈 맞춤을 한 다음에는 상대방이 이야기하는 내용을 온몸
으로 들어주어야 한다. 눈과 귀와 입과 온몸을 동원하여 듣
는 것, 이것이 바로 몰입 경청이다.

그렇게 몰입 경청을 하면서 중간 중간에 아름다운 메아리
를 상대에게 들려주는 것이야말로 가장 좋은 대화기법이며,

그로 인해 보다 나은 인간관계를 맺을 수 있다.

③ 메아리

산에서 '야호~' 하고 외치면 '야호~' 하고 메아리가 돌아오듯이, 대화 중간 중간에 상대방이 한 이야기 중에서 중심이 되는 단어나 이야기들을 다시 들려주는 것이다.

또한 그대로 들려주는 메아리도 좋지만, 좀더 아름답게 들려주는 '아름다운 메아리'가 보다 효과적이다.

가령 좋은 것은 그대로 들려주거나 더 오버해서 들려주어도 상관없지만, 부정적인 것은 그것을 긍정적으로 희석시켜서 아름답게 들려주는 것이 바람직하다.

3. '소금 치기' 대화법

① '소금 치기' 대화법이란?

효과적이고 설득력 있는 대화를 위한 하나의 방법으로, 상대방이 특별히 주의를 집중해 주길 바라는 중요한 요점이나 정보에 대해 상대방의 주의를 지속적으로 묶어두는 것을 '소금 치기' 대화법이라고 한다.

다음 이야기를 통해 '소금 치기' 대화법에 대해 알아보자.

『 "캐리! 아빠는 방금 이 자서전을 다 읽었는데, 정말 인상
적이더구나."

"왜요?"

그의 딸이 물었다.

"여러 가지 이유가 있지. 하지만 그 중 한 가지는 그녀가
매우 재치 있다는 점이다. 그녀는 어떤 남자를 사랑하게 되었
는데, 그 남자는 너무도 바빠서 그녀에게 단 하루도 시간을
내줄 수가 없었다는 거야. 더 정확하게 얘기하자면, 그는 그
녀가 존재한다는 사실조차 잊고 있었던 거지."

"어떤 상황이었는지 알겠어요."

그의 딸이 말했다.

"그런데 어떻게 되었는지 아니?"

"아뇨, 어떻게 되었는데요?"

그의 딸 캐리가 물었다.

"그녀가 그 남자에게 일종의 마법을 사용했다고나 할
까……. 그는 그녀를 눈여겨보기 시작했을 뿐만 아니라, 그녀
가 그를 사랑하게 되었던 것보다 더 빠르게 그녀를 사랑하게
된 거야. 나아가 그녀를 강렬히 원하게 되어, 단 며칠 만에
그녀에게 청혼까지 했다는구나."

"우와! 어떻게 했는데요?"

캐리가 기대에 차서 물었다.

"쉽게 설명하기는 어렵구나. 하지만 이 책에 자세히 나와

있어."

캐리는 아버지의 손에서 그 책을 빼앗아 들며 물었다.

"몇 페이지에 있어요?"

"기억이 안 나는데."

"혹시 몇 장이었는지 기억하세요?"

"아니, 하지만 금방 찾을 수 있을 거다. 아주 빨리 읽어갈 수 있는 책이거든."

그 말을 듣자, 캐리는 그 책을 가지고 자기 방으로 들어갔고, 단 두 시간만에 끝까지 읽었다. 』

② 소금을 치는 올바른 방법

너무 많은 소금을 치거나, 소금을 넣기에 적당하지 않은 것에 소금을 치면 부정적인 결과를 낳을 수도 있다.

팝콘이나 스테이크에는 소금을 쳐도 된다. 그러나 초콜릿 케이크에 소금을 친다면 누구든 인상을 찌푸릴 것이다. 또한 스테이크에 소금을 약간 뿌리는 것은 좋아할지라도 소금을 통째로 부어대는 것은 싫어할 것이다.

대화의 경우도 마찬가지다. 당신은 상대방의 주의를 계속해서 집중시키기 위해 소금을 친다. 혹은 당신이 원하는 것을 상대방이 따르도록 하기 위해 소금을 친다. 그러나 한 번의 대화를 위해 너무 많은 소금을 치면, 상대방은 이렇게 말할 수도 있다.

"그만하면 충분해. 요점을 얘기하라고."

소금을 너무 많이 쳐서 음식이 짜지면 아무도 먹지 못한 다. 마찬가지로 모든 요점마다 소금을 치면, 가장 중요한 점이 드러나지 않을 수도 있다. 그러므로 이 방법은 당신이 가장 중요하다고 여기는 요점에만 사용하도록 해라.

그러나 상대방이 주의를 다른 곳으로 옮기려 하고, 당신이 하는 얘기에 상대방이 관심을 보이지 않는다면 언제든지 사용해도 된다.

이 방법을 사용하는 것을 망설여서는 안 된다. 이 방법은 여러 번 사용할수록 능숙해지며, 당신의 말들은 더욱 효과적 이고 강력한 설득력을 갖게 된다.

4. EWP(Emotional Word Pictures) 대화법

로널드 레이건, 테디 루즈벨트, 윈스턴 처칠, 마크 트웨인, 에이브러함 링컨, 벤자민 프랭클린… 그리고 성경 말씀까지 도 청중 혹은 독자의 인간적 이해와 감정을 최고 수준으로 끌어올리기 위해, 주기적으로 그리고 능숙하게 이 방법을 사용했다.

이것은 동시에 인간의 머리와 가슴을 통과하며, 이해와 감정을 전달할 수 있는 대화법이다.

개리 스몰리 박사는 이 방법을 EWP(그림을 보는 듯한 서술로 감정에 호소하는 방법)라고 부른다.

인간의 이해력과 분석 능력은 왼쪽 뇌에서 나온다. 반면에 감정이나 느낌은 오른쪽 뇌에서 나온다.

EWP는 왼쪽 뇌에 명확함과 이해를 더해줄 뿐 아니라, 동시에 오른쪽 뇌의 느낌과 감정을 자극해 준다. 때문에 대화에서 EWP를 잘 이용하면, 상대방은 즉시 당신의 이야기를 쉽게 이해할 뿐만 아니라 당신이 느끼는 바에 공감을 표하게 된다.

EWP를 이용해야 하는 이유가 무엇인지 살펴보면 다음과 같다.

① 상대방의 주의를 끌 수 있다.

② 상대방의 생각, 믿음 그리고 인생을 변화시킬 수 있는 힘이 있다.

③ 생동감 있는 대화로 이끌어준다. 듣는 사람의 오른쪽과 왼쪽 뇌를 모두 자극하기 때문에, 상대방으로 하여금 대화의 내용을 그림으로 그리거나 상상할 수 있게 해준다.

④ 상대방의 뇌리에 깊은 인상을 심어준다.

⑤ 더욱 돈독한 관계로 들어가는 길이 되어준다.

⑥ 부정적인 결과를 낳지 않으면서 쉽게 받아들이게 하는 방식으로, 다른 사람의 행동을 꾸짖거나 비판할 수 있다.

5. 머리로 생각하고 마음으로 말하는 대화법

① 앵무새처럼 상대방의 말을 반복해라

상대방에게 주의를 집중하기만 해도 상대방이 존중받고 있다는 느낌이 들게 할 수 있다.

지금 이 시간, 상대방이 무엇에 관심을 두고 있는지 집중해라. 또 그 관심이 무엇인지 당신은 이해하고 있으며, 그 관심에 도움이 되고자 최선을 다할 것이라는 사실을 상대방이 알 수 있게 표현해라.

이것은 상대방의 이야기를 진지하게 듣고 있으며, 그 이야기가 궁금하다는 표시를 하고자 할 때 필요한 대화방법이다.

이렇게 하는 이유는 상대방이 관심을 갖고 있거나, 당면한 어떤 문제에 대해 부연설명을 듣고 싶을 만큼 관심이 있다는 것을 보여주기 위한 것이다.

이렇게 함으로써 당신은 상대방이 무엇을 생각하고 있는

지 깊이 이해할 수 있게 된다. 또한 상대방에 대해 더 많이 알게 될수록 당신과의 관계가 더욱 중요해질 것이다.

② 상대방의 말에 부연설명으로 호응해라

당신은 상대방이 한 말, 방금 한 말도 기억나지 않는 상황을 경험해 본 적이 있는가?

한 문장에서 두 단어, 또는 전체 이야기 중에서 두 문장 이상이 들리지 않을 때도 있을 것이다. 그것은 머릿속에 생각이 꽉 차 있거나, 상대방이 말하는 것을 정말 이해하지 못하기 때문이다.

상대방이 전하고자 하는 내용을 풀어서 되풀이하는 방법을 사용하여, 이야기의 흐름을 놓치지 않도록 하자.

'당신이 무슨 말을 하는지, 내가 이해하는지 한번 보자.'

이렇게 생각하고 이야기를 들어봐라. 그런 다음, 상대방이 하는 말을 고쳐 말하거나 부연해서 확인해 봐라.

우선 이 대화법은 당신이 상대방의 이야기를 듣고 있다는 것을 증명해 주며, 대화에서 생길 수 있는 오해를 막아준다.

의사소통이 제대로 되지 않아 계약이 깨지고, 인간관계가 위험에 처한 경우는 없었는가?

당신은 이렇게 말하는데, 상대방은 저렇게 말하기도 한다.

둘 다 서로 무슨 말을 했는지 이해하지 못하는 것이다.

방금 들은 정보를 다시 한 번 확인하는 행위는, 서로 동일한 인식을 하고 있다는 것을 확인시켜주는 아주 탁월한 대화법이다.

③ 상대방의 목표와 당면한 문제가 무엇인지 살펴라

상대방이 필요로 하는 것, 가장 중요시하는 것에 대해 서로 교감할 때 의사소통은 훨씬 수월해진다.

상대방의 기준을 이해하려고 노력하는 모습을 보여줄 때 당신의 성공도 함께 커가는 것이다.

④ 열정을 더해라

의욕과 열정은 전염된다. 하지만 아무도 당신 말에 주의를 기울이지 않는다면, 사람들이 진정으로 관심을 가질 만큼 주의를 끄는 내용이 하나도 없다면, 당신은 의사소통을 계속할 수 없다.

목소리와 몸짓을 통해 열정이 배어나게 하라. 그러기 위해서 자신이 하는 일에 열정적인 사람, 상대방에게 전하는 사람을 찾아라.

그리고 그들의 대화기법을 연구하고, 삶에 대한 그들의

긍정적인 태도를 따라 해라.

효과적인 의사소통이란, 당신의 지식 20퍼센트와 지식에 대한 당신의 태도 80퍼센트로 이루어진다.

성공적인 대화 기술

1. '그럴 수도' 대화법
대화에서 호기심을 불러일으키게 하는 대화법이다. 이 대화법은 사물을 보는 개개인의 관점과 느낌이 중요하다는 사실을 깨닫게 해준다.

2. 눈 맞춤·몰입 경청·메아리
① 눈 맞춤
눈 맞춤은 상대에 대한 배려이며, 적극적인 대화를 원한다는 의미를 포함한다.
② 몰입 경청
몰입 경청은 눈·귀·입·온몸을 동원하여 듣는 것이다.
③ 메아리
메아리는 대화 중간에 상대가 한 이야기 중에서 중심이 되는 단어나 이야기들을 다시 들려주는 것이다.

3. '소금 치기' 대화법
상대방이 특별히 주의를 집중해 주길 바라는 중요한 요점이나 정보에 대해 주의를 지속적으로 묶어두는 방법이다.
① '소금 치기' 대화법이란?
② 소금을 치는 올바른 방법

4. EWP(Emotional Word Pictures) 대화법
그림을 보는 듯한 서술로 감정에 호소하는 방법이다.

5. 머리로 생각하고 마음으로 말하는 대화법

① 앵무새처럼 상대방의 말을 반복해라.

② 상대방의 말에 부연설명으로 호응해라.

③ 상대방의 목표와 당면한 문제가 무엇인지 살펴라.

④ 열정을 더해라.

올바른 경청의 태도

1. 경청의 태도

듣는 사람이 편안하고 안정된 태도를 보이면 말하는 사람도 안정되고 편안한 상태가 되어, 결과적으로 대화의 분위기를 자연스럽게 이끌어 나갈 수 있다.

이야기를 들을 때, 상대방이 말하는 것을 이해했는지 못했는지를 적절하게 표시하는 것은 중요하다.

상대방의 말을 주의 깊게 경청하면서 상대방의 말에서 풍기는 시사점 및 부여하는 의미 등을 알아차리려는 노력을 의도적으로 해야 한다.

이때의 적절한 이해 반응으로는 '…한다는 것이 이해된다', '내가 느끼기로는, 네가 말한 것이 …', '그런 것이 너에게 어떤 의미가 있는지를 알겠다' 등이다.

반면에 상대방의 이야기를 잘 이해하지 못했을 경우에는 '너의 말을 잘 이해하지 못했는데, 다시 좀 말해 주겠니?'라고 표현해야 한다.

2. 경청의 10가지 방법

① '적절한' 때 고개를 끄덕여라

고개의 끄덕임은 행동적으로는 매우 단순한 움직임이지만, 상황과 맥락에 따라 그 의미가 매우 다양하게 전달될 수 있다.

시도 때도 없이 아무 때나 고개를 끄덕이는 것은 상대방에게 '경망스럽다', '건방지다', 심지어는 '잘 듣지 않는다'는 느낌을 줄 수도 있지만, 적절한 고개 끄덕임은 상대방에게 '사려 깊은 경청'이라는 느낌을 줄 수 있다.

② 시선이나 자세를 상대방 쪽으로 향해라

부드럽고 부담 없는 시선으로 상대방을 바라보면서, 자세 또한 상대방 쪽으로 약간 기울인다.

시선을 외면하거나 뒤로 젖혀진 자세는 상대에게 거부감이나 무시당하고 있다는 기분을 줄 수 있으므로 삼가야 한다.

③ 음성 반응은 단순하게 해라

상대방의 말을 이해한다는 표시로 하는 '아, 예, 응, 그랬구나' 등의 음성 반응은 단순하지만 상대방에게 '경청받는다, 이해받는다, 공감받는다'는 느낌을 줄 수 있다.

④ 상대방의 입장에서 생각해라

사람마다 성장 배경과 처지가 다르므로, 자신의 생각이나 의견과 다를 경우 상대방의 입장에서 그럴 수밖에 없는 이유를 찾도록 노력해야 한다.

⑤ 관심을 나타내는 질문을 해라

상대방에게 사실이나 정보를 확인하는 질문을 삼가고, 그 대신 상대방의 감정이나 태도 등을 탐색하는 질문을 하는 것이 효과적이다.

⑥ 의문점이 있으면 즉시 질문해라

상대방에 대해 지레짐작으로 넘어가지 말고 확실하게 파악하려고 노력하는 모습을 보여준다. 그렇게 함으로써 자기 말에 관심이 있다는 것을 상대방이 알게 되고, 공감 수준도 넓어진다.

⑦ 선입견과 편견을 버려라

상대방의 과거, 전해들은 말, 신체적 특성 등에 대한 선입견이나 편견 없이 상대방을 보려고 노력한다.

⑧ 결점이나 문제점보다는 감춰진 잠재력을 찾아라

대부분의 경우, 상대방의 장점보다는 문제점을 잘 찾기 마련이다. 그러나 공감을 잘해 주고 말을 잘 들어주다 보면, 상대방의 감춰진 장점이나 능력을 더 빨리 발견할 수 있게 된다.

⑨ 비언어적인 제스처에 귀를 기울여라

말의 내용보다는 목소리의 강약과 떨림 · 시선 · 제스처 · 억양 · 표정 · 자세 등에 관심을 보여라. 상대방에 대해 보다 많은 것을 알게 되어 상대방을 이해하는 데 도움이 된다.

⑩ 상대방 말의 일부를 반복 · 요약 · 환언해라

상대방이 한 말의 일부를 반복하면, 상대방은 자신의 말을 '경청한다, 이해한다, 계속하라'는 메시지로 받아들인다. 물론 앵무새처럼 상대방의 말을 반복하면 상대방이 우롱 받는다는 느낌을 받을 수도 있다. 그러나 적절한 반복, 예를 들면 상대방이 강조해서 한 말이나 중요한 부분이라고 생각되는 곳을 반복해 주면 상대방이 자기표현을 하는 데도 도움이 된다.

요약은 상대방이 한 말을 환언하여 짧게 말해 주는 기술이다. 이것은 상대방의 말을 듣고 이해한 바를 상대방에게 확인받는 효과가 있다.

이해가 제대로 되지 않은 경우라도 상대방의 말을 요약·환언해 봄으로써 듣는 사람 쪽에서 상대방을 어느 정도 이해하고 있는지를 보여줄 수 있고, 상대방은 그러한 반응을 통해 계속해서 말을 이어가도 좋을지를 짚어볼 수 있다.

요약을 잘하면 상대방에게 '이해한다, 경청한다'는 메시지를 주는 것 외에도, 상대방이 자신의 말과 심정을 간단명료하게 정리할 수 있도록 돕는 결과도 가져온다.

3. 경청의 장점

① 들어주어야 마음을 연다

상대방이 잘 들어준다고 생각할 때 비로소 마음을 연다. 사람들이 쉽게 마음을 열지 않는 것은, 대부분의 경우 사람들이 자기를 이해하지 못할 것이라고 생각하기 때문이다.

② 들어주면 호감을 갖는다

남의 말은 잘 듣지 않으면서, 자신이 할 말은 하나도 빼놓지 않고 하는 사람은 누구든 좋아하지 않는다.

상대방의 말에 귀 기울여주면, 상대방은 자신이 이해받았다는 느낌을 가지므로 당연히 호감을 갖는다.

③ 들어주면 감정적으로 정화(카타르시스)가 된다

들어주면 상대방의 슬픔이나 분노 등이 감소된다. 마치 고해성사를 하고 난 것처럼 말이다.

④ 들어주는 사람에게는 반발심을 갖지 않는다

아무리 좋은 얘기라도 혼자서만 일방적으로 떠들면 상대방이 싫어한다.

설득과 조언만 하는 사람에겐 반발심을 가질 수 있지만, 잘 들어주는 사람에겐 고분고분해지기 마련이다.

⑤ 후회를 만들지 않는다

사람들에게 말을 많이 하고 난 다음에는 뒤끝이 개운하지

않을 때가 많다. 그러나 다른 사람의 이야기에 열심히 귀
기울여주면 후회가 없다.

올바른 경청의 태도

1. 경청의 태도
이야기를 들을 때, 상대방이 말하는 것을 이해했는지 못했는
지를 적절하게 표시하는 것은 중요하다.

2. 경청의 10가지 방법
① '적절한' 때 고개를 끄덕여라.
② 시선이나 자세를 상대방 쪽으로 향해라.
③ 음성 반응은 단순하게 해라.
④ 상대방의 입장에서 생각해라.
⑤ 관심을 나타내는 질문을 해라.
⑥ 의문점이 있으면 즉시 질문해라.
⑦ 선입견과 편견을 버려라.
⑧ 결점이나 문제점보다는 감춰진 잠재력을 찾아라.
⑨ 비언어적인 제스처에 귀를 기울여라.
⑩ 상대방 말의 일부를 반복·요약·환언해라.

3. 경청의 장점
① 들어주어야 마음을 연다.
② 들어주면 호감을 갖는다.
③ 들어주면 감정적으로 정화(카타르시스)가 된다.
④ 들어주는 사람에게는 반발심을 갖지 않는다.
⑤ 후회를 만들지 않는다.

3부

자녀를 성공시키는
한 마디 말

☑ 자녀와의 대화에도 전략이 필요하다
☑ 자녀를 변화시키는 칭찬의 위력
☑ 한 마디의 언어가 자녀를 성공시킨다
☑ 평소의 언어습관이 자녀를 성장시킨다

자녀와의 대화에도 전략이 필요하다

1. 대화를 나누고, 사랑의 감정을 교감해라

동네 놀이터를 둘러봐도 어린이들을 찾아보기 힘들다. 어린이들의 숫자가 적은 동네여서가 아니라, 놀 시간이 없을 만큼 바쁘다는 이야기다.

어린이들의 하루 일과를 보면 24시간이 모자랄 지경이다. 학교에서 끝나자마자 학원으로 달려가야 하고, 집으로 돌아오면 아이들의 시선은 텔레비전이나 인터넷, 전자 게임 등에 빠져버리기 일쑤다.

이웃과 함께 어울릴 기회가 없어서인지, 아이들은 점점 개인주의 성향을 띠어 가면서 정서적으로도 점점 메말라 가는 모습을 보인다.

가정의 모습도 별반 다르지 않다. 맞벌이 부부가 점점 늘어나고, 모두가 바쁘다는 이유로 얼굴 맞댈 시간이 점점 줄어들고 있는 형편이다.

또한 공통된 주제의 이야깃거리가 없다보니 서로를 이해할 수 있는 폭이 점점 좁아질 뿐 아니라 건강한 관계 형성에도 어려움을 겪게 되어, 가족의 결속력이 급격히 약화되고 있는 실정이다.

더군다나 사랑이 넘쳐야 하는 부모 자식의 관계가 책임과 의무의 관계로 변질되어 가고 있는 지경에 이르고 있으니, 이러한 현상이 바쁜 현대인의 특징이라고는 하지만 보통 심각한 문제가 아닐 수 없다.

국가의 기본 단위인 가정이 이처럼 부실해진다는 것은 결국 우리의 미래가 무너진다는 것을 의미하며, 이러한 삶의 양태는 경제적인 풍요로움은 가져올지 모르지만 삭막하고 메마른 감정을 가진 건조한 인간을 양산하는 결과를 초래할 뿐이다.

우리가 아무리 급변하는 세상을 살고 있어도, 결코 포기해서는 안 되는 것이 있다. 그것은 아이들에 대한 관심이다. 일상생활 속에서 아이들에게 보이는 작은 관심이야말로 아이들의 성장에 민감하게 영향을 미치는 요소이므로, 그 어떤 일보다도 우선되어야 한다.

그러나 지금의 현실을 돌아보면, 교육의 효과나 결과가 당장 가시적으로 나타나지 않는 것에 대해서는 그냥 지나치거나 소홀히 하는 경향이 만연되어 있다. 하지만 그리 멀지 않은 장래에 변해버린 아이들의 모습을 보고 후회한다 해도, 그때는 돌이키기에 너무 늦다.

우리의 자녀를 사람다운 사람으로 기르기 위해서 가장 신경 써야 할 것은 대화이다. 물론 가장 중요한 대화 상대는 부모를 비롯한 가족과 이웃이다.

특히, 엄마와 아이는 대화를 자주 해야 한다. 일부러 시간을 내서라도 그런 기회를 만들어야 한다. 그렇지 않으면 아무것도 해결되지 않는다.

하루에 최소한 30분은 아이와 함께하면서 대화를 나누고, 사랑의 감정을 교감해라. 따로 시간을 내는 것이 어려우면, 일을 하는 중간에라도 아이와 대화를 나눠라. 열심히 일하는 엄마의 모습은, 도리어 아이에게 책임감이 무엇인지를 가르쳐주는 것이 될 수도 있다.

그러나 중요한 것은 아이의 생각이다. 그 이유는 엄마의 사랑이 아무리 크고 절실하다 해도, 아이 스스로가 사랑받고 있다고 느끼지 못하면 소용없는 일이기 때문이다.

따라서 아이가 엄마의 사랑을 느낄 수 있도록 끊임없이 노력해야 한다. 엄마가 저렇게 바쁜데도, 나에게 주는 사랑은 부족하지 않다고 믿도록 만들어줘야 한다.

그렇다면 무슨 내용으로 어떻게 대화해야 할까?

대부분의 사람들은 상투적인 일상어에 중독 되어 있기 때문에, 자신도 모르게 입에 배어 있는 일상어를 뱉어내고도 그것을 이상하다고 느끼지 못한다. 또 막상 다른 말을 하고 싶어도 무슨 말을 어디에서부터 할지 몰라서 망설일 때가 적지 않다.

이렇게 준비되지 않은 상태에서 아이에게 던져지는 일상어로 인해 아이는 마음 상해할 수도 있다.

'공부해라', '숙제해라', '씻어라', '양치질해라', '정리정돈해라' 등의 말들은 아이들에게 아무런 감흥을 주지 못할 뿐 아니라, 오히려 반발심을 유발시킬 수도 있다.

아이들은 귀에 못이 박혀버릴 정도로 듣는 이야기에는 관심조차 가지려 하지 않는다. 판에 박힌 잔소리로 생각하거나 간섭이라고 간주할 뿐이다.

하지만 엄마는 아이들을 사랑하는 마음만 가득할 뿐, 이런 상투적인 일상어를 남발하면서도 문제의식을 거의 갖지 못한다. 그러나 분명한 것은 이 말을 듣는 아이들의 생각은 다르다는 것이다.

따라서 상투적인 일상어를 버리고, 사랑이 넘치는 내용으로 바꿔야 한다. 그 내용은 다음과 같다.

① 명령하는 말에서 아이의 생각을 존중해 주는 말로 바꿔야 한다.

② 아이가 충분히 자신의 의사를 표현할 수 있도록 인내하며 기다려줘야 한다.

③ 어떤 문제 앞에서든 긍정적으로 생각할 수 있도록 지원해 줘야 한다.

④ 스스로 생각할 수 있도록 도와줘야 한다.

⑤ 다양한 생각을 수용해 줘야 한다.

⑥ 단번에 의기소침해질 수 있으므로 아이의 생각을 무시하지 말아야 한다.

2. 부모자식 간에 대화가 되지 않는 이유

가장 가까운 관계여야 할 부모로부터 10대 청소년들이 멀어져 가는 이유는 무엇일까?

가장 큰 이유는 서로를 바라보는 관점, 즉 서로의 눈높이와 기대치가 다르기 때문이 아닐까 싶다.

　대부분의 사람들은 친구와 같이 있을 때의 경험을 가장 긍정적으로 평가한다. 노년층도 마찬가지지만, 특히 10대에게서 이 현상이 두드러지게 나타난다. 예를 들면, 공부나 일을 할 때 부모와 함께하면 마지못해서 하지만 친구들끼리 어울려서 하면 신이 나서 한다.

　이러한 결과가 나타나는 이유는, 친구들과는 생각을 공유할 수 있을 뿐 아니라 누가 누구에게 일방적으로 요구하는 관계가 아닌 평등한 관계이기 때문이다. 그래서 구속감 없이 즐거움을 나누면서 대화가 통한다고 느끼는 것이다.

　반면에 부모와의 관계는, 공유하는 생각도 별로 없는 데다 평등한 관계도 아니어서 말이 통하지 않는다고 느낀다. 때문에 오히려 부담감만 가중되어 불편하게 여겨지는 것이다.

　부모와 10대 자녀는 바라보는 관점이나 요구가 다르다. 즉 부모는 어른들의 관점으로 아이들을 바라보고, 어른들의 잣대로 아이들의 행동을 평가하고 판단한다. 자녀들 역시 자신들의 관점에서 부모를 바라보고 평가한다.

　부모들은 대개 '…해야 한다'의 관점에서 말을 한다. 예를 들면, 부모들은 이렇게 얘기할 것이다.

　"너는 공부를 열심히 해야 한다."

반면에 아이들은 '…하고 싶다'의 관점에서 생각한다. 예컨대 자녀들은 이렇게 생각할 것이다.

"나는 놀고 싶어."

입장을 바꿔 생각해 보면, 부모들은 필요성에 근거해서 자녀에게 요구하고, 자녀들은 욕구에 의해서 행동하고 싶어 하는 것이다.

그래서 10대 자녀들은 부모가 자기들을 이해하지 못한다고 생각하고, 부모들 역시 자녀들이 자기들의 입장을 몰라준다고 생각한다.

이렇다보니 10대들이 그들의 부모와 대화가 통하지 않는다고 불평하는 것은 지극히 당연한 일이라고 볼 수 있다.

'너무 권위적이다.' / '일방적이고, 자녀의 입장을 배려하지 않는다.' / '장점은 보지 않고, 단점만 찾아낸다.'

상당수의 10대들이 부모에게 갖고 있는 불만들이다. 그러나 똑같은 이유로 부모의 입장에서도 자녀들에 대해 서운함을 느끼고 있지 않을까?

자식들도 뭐든지 부모가 해주는 것을 당연한 것으로 생각하지 말고, 부모에 대한 생각을 조금은 바꿔야 한다. 그래야만 부모들의 태도도 달라지지 않겠는가.

부모들은 자녀들의 입장에 서서 생각해 보고 이해하려고 조금만 더 노력하자. 그러면 자녀들과의 관계가 한결 부드러워질 것이다.

물론, 오랜 세월에 걸쳐 형성된 부모의 생각이 바뀌는 것은 쉬운 일이 아니다. 그러나 서로 노력한다면 조금씩 변화가 보이기 시작할 것이다.

3. 대화의 네 가지 원칙

① 첫째 원칙 : 성실해야 한다

자녀와 보다 가까운 관계를 만들려면, 그 목적을 이루기 위해 필요한 단계를 성실하게 밟아 나가야 한다. 때문에 시간의 흐름에 의해 깊이 뿌리 내린 습관을 변화시키기 위해서는 지속적인 노력을 기울여야 한다.

성실성은 우리에게 통찰력을 갖게 해주고, 그 통찰력은 자녀로 하여금 부모의 사랑과 염려를 느낄 수 있게 해준다. 또한 성실함은 제대로 일이 풀려나가지 않을 때도 꾸준히 밀고나가는 힘이 되어준다.

우리가 의사소통을 위해 꾸준히 노력하며 자신들을 배려하는 모습을 성실하게 보이면, 10대 자녀들도 부모가 최선을 다해 말하고 듣고 있음을 알아차리게 된다.

혹시 자녀가 부모의 뜻을 바로 알아차리지 못한다고 할지라도, 이런 성실성이 몸에 배어 있게 되면 포기하지 않고 다시 시도하게 되기 때문에 결국은 성공하게 된다.

② 둘째 원칙 : 공감대를 형성해야 한다

10대의 감정과 정서에 파장을 맞추기 위해서는 그들과 공감대를 형성할 수 있는 능력이 있어야 한다.

아이들은 부모가 자신들의 말을 이해하지 못하거나 신경 쓰지 않는다고 느끼게 되면, 그때부터 부모의 말을 듣지 않는다.

하지만 부모가 자신들의 감정을 이해하려고 최선을 다한다는 걸 알면, 대화 기법이 썩 마음에 들지 않는다 하더라도 부모의 말을 귀담아 들으려는 모습을 보이기 마련이다.

또한 부모가 자녀와 공감대를 형성하게 되면, 집이나 학교에서 일어난 일을 자신의 시각이 아닌 자녀의 시각에서 보고 파악하려고 노력하게 된다.

그 결과 자신이 지닌 문제점이 무엇인지를 분명하게 깨닫게 되므로, 문제 해결을 위해 자연스럽게 노력을 기울이게 된다.

③ 셋째 원칙 : 단호해야 한다

상대를 지나치게 배려하는 행위는 도리어 줏대 없는 유약한 태도처럼 비쳐질 수도 있으므로 주의해야 한다.

따라서 상대를 진정으로 배려한다면 오히려 단호한 태도를 유지하는 것이 바람직하다.

단호하면 쉽게 포기하거나 감정적 절망에 빠지지 않는다. 또한 자녀에게도 후회할 말을 하지 않게 된다. 그리고 자녀가 말을 함부로 하거나 부모를 꼭두각시처럼 조종하려는 것도 막을 수 있다.

단호함은 관계를 더욱더 튼튼히 하기 위해 눈앞에 놓인 장애를 넘어 올바른 길로 가겠다는 각오이므로, 상황에 따라 흔들리는 일 없이 일관된 태도를 유지하는 것이 중요하다.

④ 넷째 원칙 : 의사소통의 목표를 정해야 한다

목표를 정하면 마음과 머리를 중요한 것 하나로 집중할 수 있고, 변화의 방향을 분명하게 잡고 나아가는 데 도움이 된다.

자녀를 격려하는 것이 목표라면, 자녀를 나무라게 되더라도 그 목표를 되새겨서 더욱 긍정적으로 대응해야 한다. 또한 자신이 실천한 내용을 기록해 두면, 목표에 얼마나 근접

했는지를 쉽게 파악해 볼 수 있다.

예를 들어, 어느 기간 동안 자녀에게 한 칭찬과 나무람의 비율을 산출해 보는 것도 한 방법이다.

의사소통의 목표를 정하면, 어떤 것을 고치고 어떻게 실천할지가 명확해진다. 고칠 점들을 명심하고, 목표에 주의를 집중시키면 분명히 효과를 거두게 될 것이다.

4. 대화의 걸림돌은 무엇인가?

자녀가 어떤 일로 화가 나 있거나 답답해하면서 불안해할 때, 부모는 자녀가 힘들어하는 이유를 알아내어 문제를 해결해 주려고 대화를 시도한다.

그러나 자녀를 도와주려고 시도한 대화의 대부분은 자녀의 마음을 알아주기는커녕 도리어 걸림돌이 되고 마는 경우가 적지 않다.

우리가 자녀와 대화하는 방법들을 돌아보고, 무엇이 잘못되었는지를 알아보자.

올바른 대화법으로 자녀와의 관계를 원만하게 유지하기를 원한다면, 다음에 제시하는 대화 유형 12가지를 참고해 보기 바란다.

① 명령, 강요

'너는 반드시 …해야 할 것이다', '너는 기필코 …해야 할 것이다'

▷ 공포감이나 심한 저항감을 유발시킬 수 있다.

▷ 저지당하는 것을 시도해 보도록 만든다.

▷ 반항적인 행동, 말대꾸를 증가시킨다.

② 경고, 위협

'만약 …하지 않으면, 그때는…', '…하는 게 좋을 걸. 그렇지 않으면…'

▷ 공포감, 복종심을 유발시킬 수 있다.

▷ 위협받는 결과를 시험하게 만든다.

▷ 원망, 분노, 반항심을 유발시킬 수 있다.

③ 훈계, 설교

'너는 …해야만 한다', '…하는 것이 너의 책임이다'

▷ 의무감이나 죄책감을 불러일으킨다.

▷ 자녀로 하여금 자기 입장을 고집하고 방어하게 만들 수 있다.

▷ 자녀의 책임감을 믿지 못한다는 것을 전달하게 된다.

④ 충고, 해결방법 제시

'네가 말하고 있는 것은…', '…하는 게 어떻겠니?', '내가 네게 충고하자면…'

▷자녀가 자신의 문제를 해결할 수 없다는 점을 암시할 수 있다.

▷ 자녀가 문제를 충분히 생각하고, 대안이 되는 해결책을 찾아 실생활에 적용해 보고자 하는 노력을 방해한다.

▷ 의존성이나 저항감을 유발시킬 수 있다.

⑤ 논리적 설득, 논쟁

'네가 왜 틀렸냐 하면…', '네가 …해야 되는 것은…', '그래, 그렇지만…'

▷ 방어적인 자세와 반론을 유발시킨다.

▷ 자녀로 하여금 부모의 말을 듣지 않도록 만든다.

▷ 자녀로 하여금 열등감, 무력감을 느끼게 만든다.

⑥ 비판, 비평, 비난

'너는 신중하게 생각하지 않아서', '너는 게을러서'

▷ 무능력하고, 어리석고, 형편없이 판단한다는 것을 암시한다.

▷ 부정적인 판단이나 호통 치는 것에 대한 공포를 넘어서 대화 자체를 단절시킨다.

▷ 자녀가 비판을 사실로 받아들이거나 말대꾸를 한다.

⑦ 칭찬, 찬성

'야, 너 정말 잘했다', '네가 맞아! 나도 그 선생님이 두렵게 생각된다'

▷ 자녀가 명령에 따르는지를 부모가 감시할 뿐 아니라, 매우 기대하고 있다는 것을 암시한다.

▷ 선심 쓰는 것처럼 보이거나, 바라는 행동을 조장하는 교묘한 노력으로 보일 수 있다.

▷ 자신이 부모의 칭찬과 일치하지 않는다고 여길 때, 자녀는 불안감을 가질 수 있다.

⑧ 욕설, 조롱

'이 울보야', '그래, 너 잘났다'

▷ 자녀로 하여금 자신이 가치 없고 사랑받지 못하는 존재라고 느끼게 할 수 있다.

▷ 자녀의 자아 형성에 파괴적인 영향을 끼칠 수 있다.

▷ 종종 말대꾸를 유발시킨다.

⑨ 분석, 진단

'무엇이 잘못되었느냐 하면…', '너는 단지 피곤한 거야',
'네가 정말로 말하려는 것은 그게 아니야'

▷ 위협당하고 있다는 느낌과 좌절감을 안겨줄 수 있다.

▷ 자녀로 하여금 자신이 궁지에 몰리고, 노출되거나 불신
당했다고 느끼게 할 수 있다.

▷ 자녀가 왜곡된 행동을 하거나, 노출되는 것을 두려워하
여 대화를 멈추게 할 수 있다.

⑩ 동정, 위로

'걱정하지 마', '앞으로 나아질 거야', '기운을 내!'

▷ 자신이 이해받지 못한다고 느낄 수 있다.

▷ 강한 적개심을 유발시킨다.

⑪ 캐묻기와 심문

'왜…', '누가…', '무엇을…', '어떻게…'

▷ 질문에 답할 경우 해결책도 찾지만 종종 비판이 따르므
로, 자녀는 대답하지 않거나 피하거나 대충 말하거나 거짓말
을 하게 된다.

▷ 부모가 질문을 하면, 자녀는 부모가 무슨 의도로 말하

는지 몰라 불안해하거나 두려워할 수 있다.

▷ 부모가 퍼붓는 질문에 대답하는 동안 자녀가 자기 문제의 방향을 잃을 수 있다.

⑫ 화제 바꾸기, 빈정거림, 후퇴

'재미있는 일이나 이야기하자', '네가 세상일 다 해결할 거니?'

▷ 어려운 문제에 대처하려 하기보다 회피해야 한다는 생각을 심어줄 수 있다.

▷ 자녀의 문제를 별로 중요하게 생각하지 않고, 사소하거나 쓸모없는 것으로 여긴다고 받아들일 수 있다.

▷ 자녀가 어려움을 겪을 때 마음을 열지 않는다.

5. 자녀와 대화하는 원리

① 마음이 잘 통하는 대화를 하려면?

▷ 아이의 입장에서 듣는 것이 중요하다. 또한 하고 싶은 이야기를 돌려서 이야기하지 말고 분명하게 전달한다.

▷ 자녀의 의견이 부모와 다를 때, 끝까지 부모의 의견만을 관철시키려고 하지 않는다.

▷ '너는 왜 항상 그러냐?'는 식이 아니라, '나는 네가 그럴 때마다 걱정이 많이 된단다'는 식으로 '나'를 주어로 해서 전달한다.

▷ 잔소리나 과거 일을 들추기보다는 앞으로 변화되었으면 하는 대안을 이야기한다.

② 부모가 자녀와 대화할 때 주의할 것은?

▷ 한꺼번에 너무 많은 변화를 요구하거나 단시일 내에 행동을 바꾸도록 주문하지 않는다.

▷ 자녀와 대화할 때 화풀이·폭력·폭언 등을 자제해야 한다.

▷ 대화는 서로 화가 나거나 기분이 좋지 않은 때를 피해서 하도록 한다.

③ 부모가 화가 날 때 조절하려면?

▷ 화가 난 상황을 잠시 피하거나, 심호흡을 한다. 화가 난 자신의 감정을 들여다본다.

▷ 화가 난 이유를 생각해 보고, 그것이 100% 타당한가를 검토해 본다.

▷ 화난 감정을 적절한 행동으로 바꾸어본다.

④ 갈등을 받아들이고 다루려면?

▷ 부모 자신의 요구·기대·관점·견해를 객관적으로 인식한다.

▷ 자녀 마음에 들어가서 자녀의 요구·기대·관점·견해를 이해한다.

▷ 자녀의 모습을 받아들임과 아울러 부모 자신의 마음을 개방한다.

▷ 서로의 차이를 인정하며, 그 차이를 조정하는 방법에 대해 의논한다.

⑤ 진솔한 마음을 전하려면?

'진솔한 마음을 전한다'는 뜻은 자녀와의 관계에서 부모가 체험하는 느낌과 생각들을 있는 그대로 받아들이며, 부모 자신이 체험하는 바를 충분히 인정한 후 자녀와의 관계를 바람직하게 발전시키기 위하여 건설적인 방식으로 표현하는 것을 말한다.

▷ 진솔한 마음을 전하는 이유 : 부모가 자신의 모습을 솔직하게 인정할 수 있을 때, 비로소 자녀의 모습을 객관적인 시각으로 바라볼 수 있다. 뿐만 아니라 부모가 솔직한 모습을 보일 때 자녀 또한 마음을 열게 되어 서로 깊은 대화

를 나눌 수 있게 된다.

▷ 진솔한 마음을 전하는 마음가짐 : 자녀와의 관계에서 경험하는 느낌, 생각을 있는 그대로 인식한다. 자녀에 대한 분노·좌절·의심 등의 부정적인 측면까지도 왜곡하지 않고 인정한다.

▷ 자녀 모습 받아들이기 : 자녀가 어떤 문제를 지니고 있는지, 어떤 잘못과 실수를 범하였던 상관없이, 무조건적으로 자녀를 하나의 인격체로서 존중하는 것을 의미한다. 이럴 때 자녀는 자신의 경험과 감정을 자유롭게 체험하고 표현할 수 있게 된다.

▷ 자녀 마음에 들어가기 : 부모가 제3의 귀를 가지고 자녀의 가슴에 있는 '소리 없는 소리' 또는 '마음의 소리'를 들으려는 노력을 말한다. '자녀'라는 안경을 쓰고, 자녀가 지니고 있는 생각과 느낌의 틀을 이용해서 자녀의 생각과 감정을 이해하는 것이다.

▷ 구체적으로 이해하기 : 자녀와 대화할 때 애매모호한 표현이나 일반적이고 추상적인 말들을 최소한으로 줄이고, 실제적이고 사실적인 내용을 중심으로 대화가 이루어지도록 질문하고 이야기하는 것을 말한다. 심도 있는 대화를 이끌어가기 위해 꼭 필요한 태도이다.

⑥ 자녀와 대화하기 어려운 경우

· 자녀가 침묵할 때

▷ 다음 말을 위해 생각하고 있거나 준비 중이기 때문에 침묵하고 있을 수 있다.

▷ 부모의 일방적인 훈시이기 때문에, 부모에게 이야기해 봐도 소용없다고 생각될 때 대응하는 행동이다.

▷ 화난 마음을 침묵으로 표현함으로써 부모의 화를 돋우려는 행동이다.

▷ 침묵하는 상태에 대해 다그치지 말고 생각할 수 있도록 기다려줘야 한다.

▷ 평소 자녀와의 대화 방법을 점검해 본다.

▷ 화난 마음을 알아주고 수용해 준다.

▷ 당장이 아니더라도 다시 대화할 수 있는 기회를 준다.

· 자녀가 거짓말할 때

▷ 진심을 말할 용기가 없을 때 거짓말을 한다.

▷ 거짓말을 할 수밖에 없었던 자녀의 두려움에 공감해야 한다.

▷ 자녀를 사랑하기 때문에 자녀의 거짓말을 덮어둘 수 없음을 이해시킨다.

▷ 자녀의 거짓말 뒤에 숨은 진실을 이해하려 노력한다.

▷ 자녀가 숨기고 싶어 하는 것과 바라는 것이 무엇인지를 구체적으로 이해한다.

자녀와의 대화에도 전략이 필요하다

1. 대화를 나누고, 사랑의 감정을 교감해라

우리의 자녀를 사람다운 사람으로 기르기 위해서 필요한 것은 대화이다. 그런데 우리가 처한 현실은 암담하기만 하다. 더군다나 사랑이 넘쳐야 하는 부모 자식의 관계는 점점 책임과 의무의 관계로 변질되어 가고 있는 실정이다.

2. 부모자식 간에 대화가 되지 않는 이유

부모로부터 10대 청소년들이 멀어져 가는 이유는 서로를 바라보는 관점, 즉 서로의 눈높이와 기대치가 다르기 때문이다. 오랫동안 서로에 대해 갖고 있는 생각들을 바꾸는 것이 쉬운 일은 결코 아니다. 그러나 서로 노력한다면 변화가 보이기 시작할 것이다

3. 대화의 네 가지 원칙

① 첫째 원칙 : 성실해야 한다.
② 둘째 원칙 : 공감대를 형성해야 한다.
③ 셋째 원칙 : 단호해야 한다.
④ 넷째 원칙 : 의사소통의 목표를 정해야 한다.

4. 대화의 걸림돌은 무엇인가?

자녀가 어떤 일로 화가 나 있거나 답답해하면서 불안해할 때, 부모는 그 문제를 빨리 도와줘서 해결하려고 한다.
그러나 자녀를 돕기 위해 시도하는 대화의 대부분은 자녀의 마음을 알아주지 못하는 걸림돌이 되는 경우가 적지 않다.

① 명령, 강요
② 경고, 위협
③ 훈계, 설교
④ 충고, 해결방법 제시
⑤ 논리적 설득, 논쟁
⑥ 비판, 비평, 비난
⑦ 칭찬, 찬성
⑧ 욕설, 조롱
⑨ 분석, 진단
⑩ 동정, 위로
⑪ 캐묻기와 심문
⑫ 화제 바꾸기, 빈정거림, 후퇴

5. 자녀와 대화하는 원리

① 마음이 잘 통하는 대화를 하려면?

아이의 입장에서 듣는 것이 중요하다. 하고 싶은 이야기가 있으면 분명하게 이야기한다.

② 부모가 자녀와 대화할 때 주의할 것은?

한꺼번에 많은 변화를 요구하지 않는다.

③ 부모가 화가 날 때 조절하려면?

화난 상황을 잠시 피하거나, 자신의 감정을 들여다본다.

④ 갈등을 받아들이고 다루려면?

서로의 차이를 인정한다.

⑤ 진솔한 마음을 전하려면?

자녀와의 관계에서 부모가 체험하는 느낌과 생각들을 있는 그대로 받아들인다.
⑥ 자녀와 대화하기 어려운 경우
· 자녀가 침묵할 때
· 자녀가 거짓말할 때

자녀를 변화시키는 칭찬의 위력

성공한 사람들에게서 발견되는 공통점이 있다.

그것은 바로 그 사람들을 격려하고 칭찬해 준 누군가가 그들 곁에 있었다는 사실이다.

『 '알버트 아인슈타인' 하면 모르는 사람이 없을 것이다. 많은 사람들은 그가 20세기가 낳은 최고 천재 중 한 사람이라고 말한다. 그러나 그의 학창시절을 보면 그는 결코 천재가 될 자격이 없는 사람이었다.

그의 고등학교 생활기록부에는 담임선생님의 날카로운 지적이 생생히 적혀 있었다.

"이 학생은 무슨 공부를 해도 성공할 가능성이 없습니다."

이러한 내용이 적힌 성적표를 받아든 아인슈타인의 어머니는 낙담해하는 아들을 달래주며, 이렇게 격려해 줬다.

"아들아, 너는 다른 아이와 다르단다. 네가 다른 아이와 같다면 너는 결코 천재가 될 수 없어."

아인슈타인의 담임선생님은 그의 천재성을 알아보지 못했지만, 그의 어머니는 아인슈타인의 가능성과 미래를 보았던 것이다.

아인슈타인은 어머니의 격려에 낙담하지 않은 채 도리어 용기를 얻었으며, 자기에게 주어진 재능을 발휘할 수 있는 기회를 기다리며 묵묵히 학문에 매진했다.

그 결과, 아인슈타인은 20세기가 낳은 최고의 천재 중 한 사람이 되었다. 』

『 어느 날 학교에서 돌아온 딸아이가 자기 친구의 바이올린 솜씨가 무척 놀랍다면서, 입에 침이 마르도록 칭찬을 하였습니다. 딸아이는 자기 친구가 고등학교 기악반에서 활약하는 여러 가지 일들에 대해 끝도 없이 늘어놓았습니다. 나는 딸아이의 말을 가로막으며 물었습니다.

"애야, 너도 바이올린 강습을 받고 싶니?"

"예. 바이올린 연주를 하고 싶어요. 하지만 오케스트라 속에 묻힌 바이올린 연주자의 한 사람이 되고 싶지는 않아요. 바이올린 수석 연주가가 되고 싶어요."

"그래? 그럼, 한번 해보려무나."

나는 반 농담으로 딸아이를 격려하였습니다.

"하면 된다는 결심만 있으면, 안 될 일이 없잖니?"

그런 뒤 딸아이는 바이올린 강습을 받았고, 얼마 뒤에 고등학교 오케스트라의 일원이 되었습니다. 오케스트라 내의 바이올린 연주자가 된 것입니다.

그녀는 제일 끝인 말단의 자리에서 시작하였습니다. 딸아이는 조금도 게으름을 피우지 않고 오히려 더욱 열심히 연습했습니다.

그러던 어느 날, 집에 돌아온 딸아이는 자랑스럽게 자기가 수석 연주자가 되었다고 말했습니다.

"아버지, 정말 되는데요. 하면 된다고 굳게 믿고 했더니, 이렇게 됐잖아요."』

이처럼 우리의 생활에 격려가 밑받침되면, 자신의 꿈을 이루면서 훌륭한 역할을 감당하는 사람이 많이 나타나게 되는 법이다.

1. 야망을 키워주는 칭찬

목표를 달성할 때까지 자녀들은 종종 휘청거리고, 그러면서 인생에 대해 더 많은 것을 발견하게 된다.

이처럼 자녀들이 좌절을 거듭하는 동안, 자극과 영감을 불어넣어 주고 격려해 주는 것이 어른들이 할 일이다.

『 볼프강 아마데우스 모차르트는 걸음마를 할 때부터 음악
가인 아버지가 누나에게 피아노를 가르치는 것을 지켜보았다.
　네 살 때 이미 첫 번째 협주곡을 작곡해 아버지를 기쁘게
했던 모차르트는 아버지가 이끌어주어 본격적인 음악의 길
로 나서게 되었다. 』

『 마이클 조던은 고등학교 때 성적이 형편없었다.
　근면한 소작인의 아들이었던 그의 아버지는 아들이 야망
을 갖지 않은 것이 도무지 이해가 되지 않았다.
　아버지는 마이클에게 성적이 좋아지지 않으면 대학은 그
림의 떡에 불과하다고 상기시켜 주었다.
　마이클은 그제야 '정신이 번쩍 들어' 열심히 공부했으며,
그 결과는 미국 농구의 역사가 되었다. 』

『 베스트셀러 저술가인 에밀리 포스트는 건축가인 아버
지와 함께 나눈 이야기를 잊을 수 없다고 고백했다.
　아버지는 '인생은 집을 짓는 것과 같다'고 말했다.
　"네가 원칙을 알고 그걸 존중한다면 건물을 잘 지을 수밖
에 없다."
　세월이 흐른 뒤, 에밀리 포스트의 7백 쪽에 달하는 에티켓
규칙에 관한 책은 베스트셀러 목록의 정상을 차지했다. 』

자녀들이 보지 못하는 것을 부모들은 볼 수 있다. 그만큼의 인생을 더 살아왔기 때문이다.

부모는 삶의 경험을 통해, 수많은 실패를 경험하면서 자연스럽게 배우게 된 지혜를 자녀들에게 말해주고 싶어 한다. 그리고 세상을 변화시킬 수 있는 원대한 이상(理想)을 가지고 나아가기를 소망한다.

자녀들이 우물 안 개구리가 되지 않게 하려면, 계속해서 가능성을 이야기하며 길을 열어주어야 한다.

2. 용기를 주는 칭찬

『 루이스 사이먼은 널리 알려진 베이스기타 연주자로 아서 가프리와 재키 글리즌의 텔레비전 쇼에서 정기적으로 연주했다.

그는 아들 폴의 음악적 기질을 격려하며, 열네 살 때 아들에게 음향 기타를 사주었다.

폴이 자기 집 화장실에서 뮤지컬을 연습하고 있을 때, 전문적 음악가인 아버지가 해준 칭찬은 폴에게 큰 힘이 되었다.

"멋지다, 폴. 넌 멋진 목소리를 가졌구나."

뮤지컬은 히트를 했고, 폴은 학교 콘서트와 댄스파티에서 노래를 부르게 되었다. 』

우리는 때때로 앞을 볼 수 없을 만큼 지독한 안개 속에서 있는 경우가 있다. 그러한 상황에서 우리가 계속 앞으로 나갈 수 있는 방법은, 안개 속에서도 주변을 식별할 수 있는 밝은 빛을 가지는 것이다.

그 빛에 의지하여 한 발 한 발 내딛다보면 가고자 하는 목적지까지 도달할 수 있다.

3. 헌신을 가르치는 칭찬

『 "눈송이는 각각 다르게 생겼지만 하나하나가 그 자체로 완벽하단다."

이 이야기는 발레리나 니첼 니콜스의 아버지가 딸에게 해 준 말이다.

니첼은 열네 살이 되면 시카고 발레 아카데미에서 오디션을 받기 위해 연습에 전념했다.

발레 지도교사는 니첼이 흑인인 것을 알고는 '흑인은 발레를 할 수 없다'고 했다.

그녀의 아버지는 즉시 강력하게 항의했다.

"당신은 이 애의 춤을 보겠다고 약속했잖소. 그래서 우린 지금 여기 온 거요."

니첼은 멋지게 춤을 추었고, 곧 입학 허가를 받았다. 그녀는 곧 발레계의 다양한 춤의 형태를 이끌어 갔다.

니첼은 아버지의 헌신에 힘입어 자신의 분야에서 화려한
꽃을 피웠다. 』

우리가 불가능하다고 생각하면, 그 일은 할 수 없다. 그러
나 가능하다고 생각하면, 그 일은 반드시 이루어진다. 하지
만 그 바탕에는 그 일을 이루려고 하는 열정과 노력이 함께
동반되어야 한다.

우리가 얻고자 하는 것이 있다면 분명 그것을 성취하기
위해 버려야 할 것, 포기해야 할 것이 생기게 마련이다.

하지만 애벌레가 나비가 되기 위해 허물을 벗어버리지
않으면 안 되는 것처럼, 더 큰 가치를 위해서 우리는 과감히
포기해야 한다.

4. 길을 열어주는 칭찬

『 대가족의 막내로 자란 사라 오필리어(재담가 : 미니 펄)
는 많은 사랑을 받았다. 네 살 때 피아노 앞에서 가족과 친구
들을 위해 공연을 하고, 자주 사람들에게 노래와 춤을 선보였
다. 아버지 토머스는 그녀에게 휘파람과 새소리 내는 법을
가르쳐주었다.

아이들이 어릴 때 토마스는 믿기 어려운 이상한 이야기들을 많이 해주었다. '그 이야기가 사실인지 아닌지 알 길은 없었지만' 딸들에게는 아버지의 이야기가 재미있고 인상적이었다. 하루는 막내 사라 오필리어가 물었다.

"하지만 아빠, 지난번엔 그런 식으로 말씀하지 않으셨는데요."

"물론 그러지 않았지."

아버지가 대답했다.

"그렇지만 새로운 게 들어가니까 더 재미있지 않니?"

그 재능 있는 이야기꾼은 뒤에 그의 딸이 '미니 펄'이 되어 자신의 이야기로 다른 사람들을 즐겁게 해주면서 거두게 될 창조력과 다양한 생각의 씨앗을 심고 있었던 것이다. 』

자녀를 가장 가까이에서 지켜보는 사람은 바로 부모다. 그리고 자녀를 가장 잘 알고 있는 사람 또한 부모다.

자녀가 무엇을 잘 하는지, 무엇을 싫어하는지, 무엇을 좋아하는지, 무엇을 두려워하는지를 자녀 자신보다 더 잘 알고 있다.

또한 부모는 지금의 모습보다 10년 아니 더 미래의 모습을 바라보며, 자녀가 가진 재능과 능력을 평가하기 때문에 그 말에는 힘이 있다.

5. 책임감을 길러주는 칭찬

『 스티븐 바턴 대위는 자신이 가진 것을 늘 가난한 사람들에게 나눠주는 것을 원칙으로 삼았고, 고향의 빈곤한 사람들에게 거처를 마련해 주는 일에 앞장섰다.

나중에 그의 딸 클라라는 미국 남북전쟁 동안 최전선에 구호품을 가져갈 수 있게 해달라고 다니엘 루커 대령에게 청원했다.

이 일을 시작으로 클라라 바턴은 1881년 미국 적십자를 탄생시키게 되었다.

자녀에게 경제적 책임의 본을 보여준 아버지는 자녀가 성공적인 삶과 활동을 실현할 수 있는 실질적인 토대를 마련해 준 셈이다.

"열심히 일하고, 신세를 졌으면 갚아라."

간단한 충고지만, 자녀가 출세하기를 원한다면 꼭 새겨두어야 할 충고다. 』

책임감은 자신을 중요한 존재로 느끼게 만들어준다.

자신이 꼭 그 일을 해야만 한다는 부담감을 줄 수도 있지만, 그 일을 완성하기 위해 최선을 다하게 된다. 또한 결과가 눈에 보이면 자신감도 함께 얻을 수 있다.

자녀를 변화시키는 칭찬의 위력

1. 야망을 키워주는 칭찬
목표를 달성할 때까지 자녀들은 종종 휘청거리고, 그러면서
인생에 대해 더 많은 것을 발견하게 된다.
따라서 자녀들이 좌절을 거듭하는 동안, 자극과 영감을 불어
넣어 주고 격려해 주어야 한다.

2. 용기를 주는 칭찬
우리는 때때로 앞을 볼 수 없을 만큼 지독한 안개 속에 있는
경우가 있다. 그러한 상황에서 우리가 계속 앞으로 나가려면
밝은 빛이 필요하다.

3. 헌신을 가르치는 칭찬
우리가 얻고자 한다면, 분명 그것을 성취하기 위해 버려야 할
것이 있다.

4. 길을 열어주는 칭찬
자녀를 가장 가까이에서 지켜보는 사람은 부모다. 또한 부모
는 지금의 모습보다 더 미래의 모습을 바라보며, 자녀가 가진
재능과 능력을 평가한다.

5. 책임감을 길러주는 칭찬
책임감은 자신을 중요한 존재로 느끼게 만들어준다.

한 마디의 언어가 자녀를 성공시킨다

1. 오래도록 가슴에 새길 말을 심어줘라

사람은 말을 통해 살아가는 존재다. 부모님의 가르침이나 사랑 고백, 공감을 나누는 대화, 토론은 물론이고, 그림이나 음악으로 된 말을 통해 정신을 살찌워 삶을 영위해 나간다.

『미국의 사업가이자 자선가인 록펠러는 가난 때문에 일찍 직장생활을 했다.

그가 큰 인물이 될 수 있었던 것은, 그를 크게 자라도록 한 말씀이 있었기 때문이다.

"네가 자기 사업에 근실한 사람을 보았느냐. 이러한 사람은 왕 앞에 설 것이요, 천한 자 앞에 서지 아니하리라."

— (잠언 22:29)

주일학교 선생님이 이 말씀을 읽어주었고, 이 말씀대로

살아가기를 늘 기도해 주었다고 한다.

록펠러는 근실한 사람이 되기를 다짐하고, 이 말씀을 늘 마음속에 새겼다고 한다.

록펠러를 고용한 고용주들은 하나같이 그의 헌신적인 생활에 감명 받았다고 한다.

일찍 출근하고 늦게까지 남아 자기 일에 정진하는 모습은 더할 수 없이 근실했으며, 이것이 바로 록펠러가 크게 성공한 이유다. 』

『 미국 대통령을 역임한 카터는 군 복무 시절 상관으로부터 '그대는 최선을 다했는가' 하는 말을 들은 적이 있다.

이 말을 마음에 간직한 카터는 매사에 최선을 다하려고 애썼다. 그리하여 대통령의 자리에까지 올라 큰일을 할 수 있었다. 』

『 중소기업을 하고 있는 김진철 씨는 어릴 때 부친께서 들려준 '한 우물을 파라'는 말을 잊은 적이 없었다.

그는 오로지 온돌 보일러를 개발하고 판매하는 데 전념하여 사업을 단단히 일으켜 세웠다. 』

『 삼성그룹 이건희 회장은 91년 <한국일보> 칼럼에서 어렸을 때 선친께 들은 이야기를 썼다. 이 회장은 기회 있을 때마다 이 이야기를 하며 자신의 경영관을 고백하고 있다.

선친께서 청년 때 시골에서 농사를 지었는데, 으레 논에다 미꾸라지를 키웠다고 한다. 한 논에는 미꾸라지만 넣어 키우고 또 다른 논에는 메기와 함께 키웠는데, 미꾸라지만 넣어 키운 곳의 미꾸라지보다 메기와 함께 넣어 키운 곳의 미꾸라지가 훨씬 더 크고 살이 쪄 있더란다.

사람은 항상 안전하다고 생각할 때가 위험하므로, 건전한 위기의식을 가져야 한다는 가르침이 담겨 있다. 또 회사 내에서도 건전한 위기의식을 심어서 모두 분발하도록 해야 한다는 게 요지이다.

이 말이 소년 이건희의 마음속에 남아 늘 스스로를 채찍질했으며, 그룹 총수가 되고 나서도 그러한 마음가짐을 잊지 않고 회사를 경영해 나갔다. 』

사람이 세상을 살아가다보면 때로 위기를 만나기도 하는데, 이러한 위기를 이겨낼 수 있는 힘은 평소 그 사람 속에 어떤 말이 심겨져 있느냐에 따라 다르다.

크고 강한 말이 심어져 있으면, 어떤 고난도 다 이겨내고 크고 강한 사람이 될 수 있다.

따라서 우리의 아이들에게도 평생 지표가 될 수 있는 귀한 말을 심어줘야 한다.

2. 마음을 변화시키는 말을 해줘라

『요한 하인리히 페스탈로치는 스위스의 교육자였으며, 교육학자였다.

그의 아버지는 의사로서 가난한 사람들을 무료로 치료해 주는 일을 많이 했다. 페스탈로치는 어려서 할아버지와 함께 생활을 많이 했는데, 할아버지는 페스탈로치를 튼튼하게 키우려고 들판을 뛰고 달리는 운동을 하도록 했다.

목사인 할아버지는 페스탈로치를 가난한 사람들이 사는 곳으로 데리고 다니며 같이 일을 했다.

여기서 페스탈로치는 가난한 이들을 위해 무엇을 할 것인가를 생각하게 되었고, 이 문제를 아버지와 의논했다.

"페스탈로치야! 나는 모든 스위스 사람들의 병을 고쳐주려고 했단다. 그러나 몸의 병을 고쳐주는 것보다 마음의 병을 고쳐주는 게 더 우선이고 귀한 것이더구나. 너는 마음의 병을 고쳐주는 사람이 되어다오."

아버지는 어린 페스탈로치에게 '마음의 병을 고쳐주는 사람'이란 말을 심어놓고 돌아가셨다.

아버지의 이 말 한 마디가 페스탈로치의 일생을 교육학자로 인도했으며, 가난하고 굶주린 아이들의 친구가 될 수 있도록 만들었다.

아버지가 보여준 봉사의 삶 그리고 마음속에 간직했던 간절한 꿈이 아들에게 감동적으로 전해졌으며, 어린 페스탈로치의 가슴속에 깊게 심어진 것이다. 』

다음은 마음을 변화시키는 말을 하기 위한 방법을 제시한 것이다.

① 믿음의 관계를 만들어라

'어머니는 나를 사랑하셔서, 모두가 나 잘되라고 하는 말씀이다'라는 신뢰의 관계가 형성되어 있으면, 어머니가 야단을 치거나 경우에 따라 때린다고 해도 아이들은 서운해 하지 않는다.

부모와 자녀가 서로 마음과 뜻이 일치되는 관계를 형성한 후 잘못된 것을 고쳐주거나 도전과 용기를 갖도록 하면 큰 효과가 있다.

서로를 생각하고 아끼는 말로 믿음의 관계를 만들어야만, 어떤 말을 해도 귀하게 받아들이게 된다.

② 작은 목소리로 말해라

목소리가 크면 그만큼 마음이 작게 실리고, 목소리가 작으면 그만큼 마음이 크게 실린다.

③ 마음으로 말해라

부모의 유언은 자녀들이 잊지 않는다. 이는 마지막 마음이
담긴 말이기 때문이다.

자녀를 사랑하는 마음, 염려해 주는 간절한 마음으로 말해
라. 마음은 마음으로 통하기 때문에 큰 힘을 발휘한다.

④ 보여주며 가르쳐라

열 번을 말하는 것보다 한 번 보여주는 것이 더 효과적이
다. 무슨 일이든 즐거운 마음으로 하는 모습과 열심히 하는
모습을 보여줘야 한다.

칭찬도 필요하지만, 즐거움으로 시련을 극복하는 모습을
보여주는 것이 훨씬 더 설득력이 있다.

3. 말의 영향력

『미국의 남북전쟁 당시에 있었던 일이다.

남부 연방 대통령 제퍼슨 데이비스는 로버트리 장군을 불
렀다.

"장군! 장군의 직속 부하장교를 일선부대 지휘관으로 승진시킬 생각이네. 그럴 만한 인물인지, 그에 대해 말해 주게."

"그는 나무랄 데 없는 유능한 군인입니다. 한 부대의 지휘관으로 합당한 자격을 갖추고 있습니다. 그를 임명하기로 한 것은, 정말 잘하신 결정입니다."

리 장군이 부하장교를 극구 칭찬하자, 대통령은 고개를 끄덕였다.

그날 밤, 그 부하장교가 리 장군의 막사로 찾아왔다. 그는 이미 소식을 전해 들었던 것이다.

그는 리 장군 앞에서 무릎을 꿇으며 말했다.

"장군님, 장군님께서는 대통령께 저를 극구 칭찬하셨습니다. 그런데 저는 그동안 장군님을 비판하고 다녔습니다. 기회 있을 때마다 장군님을 비웃었습니다. 장군님께서는 그 사실을 알고 계셨습니까?"

사관의 말에 리 장군은 빙그레 웃었다.

"나한테도 귀가 있으니까, 자네가 나를 비판하고 다닌다는 이야기를 들었지."

"그런데도 대통령께 저를 좋게 말한 까닭은 무엇입니까?"

"대통령께서 나에게 질문한 것은 '내가 자네를 어떻게 생각하고 있느냐'였지, '자네가 나를 어떻게 생각하고 있느냐'가 아니었네. 그래서 내 생각을 말씀드린 것뿐이네."

부하 장교는 뜨거운 눈물을 흘렸다. 』

말에 따라 사람들의 성공 여부가 달라지는 경우가 적지 않다. 어려운 일도 말 한마디를 잘함으로써 성공시키기도 하고, 쉬운 일도 말을 잘못하여 그르치기도 한다.

말은 우리 인생의 방향을 결정하는 열쇠이고, 우리 삶의 모습을 그려가는 붓이다.

말이 인도하는 대로 우리는 가고 있고, 말이 서는 곳에서 우리는 서게 된다.

4. 성공의 열쇠

"성공은, 그대가 바라는 것을 잡는 것이다.

국회의원 되기를 바라거나, 거액의 돈을 모아서 여생을 안락하게 보내기를 희망하거나, 또는 직업을 구하거나, 어린 애를 많이 낳고 싶어 하거나, 세계적으로 이름난 예술가 혹은 운동선수가 되겠다고 하거나 간에, 아무튼 자기가 구하는 것을 얻게 되는 것, 그리고 그것을 자기 것으로 잡는 것 — 이것이 성공이다."   — 베드피셔

성공이란 도대체 무엇인가?

성공은 자신이 진실로 원하는 것을 이루어내는 것이며, 이것은 곧 행복의 길로 연결된다.

만약 행복을 원한다면, 가치 있는 목적을 선택해라. 그리고 선택의 결과에 대해서는 전혀 마음을 쓰지 말라.

또한 목적을 달성하는 데 필요한 대가를 지불하도록 부단히 노력해라.

그러면 겨울이 가고 봄이 오듯, 결과는 스스로 보답을 받게 될 것이다.

그렇다면 실패는 무엇인가?

인생에 있어서 실패라고 하는 것은, 성공하지 못한 것을 일컫는 것이 아니다. 단지 자기가 하고 싶었던 일을 하지 못한 것을 말하는 것이다.

그래서 자신이 무엇을 원하는지 깨닫지 못한 사람, 자기가 하고 싶은 일을 향해 전력을 다하지 못한 사람을 실패한 사람이라고 하는지도 모른다.

비록 우리가 원하는 것을 이루어내지 못했다 하더라도, 그것을 위해 우리가 최선의 노력을 기울였다면, 마음의 평화는 물론이고 정신적 만족까지 얻을 수 있다. 따라서 이 경우에는 실패했다고 말하지 않는다.

반면, 설사 자신이 원하는 것을 얻었다 해도, 그것을 위해 최선을 다해 노력하지 않았다면, 어찌 그것을 '진정한 성공'

이라고 말할 수 있겠는가.

성공을 원하면, 자기가 할 수 있는 일부터 먼저 시작해라. 처음 내딛는 그 첫발을 시작으로 차근차근 걸어가면, 우리가 느끼지 못하는 순간에 어려운 일을 처리할 수 있는 힘이 키워져 있음을 발견하게 될 것이다.

성공을 위해서 다음 말을 음미해 보면 어떨까.

'희망과 이상을 높이 가져라.'

한 마디의 언어가 자녀를 성공시킨다

1. 오래도록 가슴에 새길 말을 심어줘라
세상을 살다보면 위기를 만나는데, 그것을 이겨낼 수 있는 힘
은 평소 그 사람 속에 어떤 말이 심겨져 있느냐에 따라 다르다.

2. 마음을 변화시키는 말을 해줘라
① 믿음의 관계를 만들어라.
② 작은 목소리로 말해라.
③ 마음으로 말해라.
④ 보여주며 가르쳐라.

3. 말의 영향력
말은 우리 인생의 방향을 결정하는 열쇠이고, 우리 삶의 모습
을 그려가는 붓이다.

4. 성공의 열쇠
성공은 자신이 진실로 원하는 것을 이루어내는 것이며, 이것
은 곧 행복의 길로 연결된다.

평소의 언어습관이 자녀를 성장시킨다

자신 없는 일에 도전하려 하면 누구나 두려움을 느낄 수밖에 없다. 따라서 어떤 경우에는 꽁무니를 빼고 싶어지기도 한다.

두려우니까, 잘 못하니까, 귀찮으니까 등의 이유로 그만두고 싶은 마음도 분명 생길 것이다. 그러나 이럴 때야말로 한 발 내딛는 용기가 절실히 필요하다.

말하는 능력은 누구나 가지고 있다. 그러나 간혹 보면 남 앞에서 말을 하지 않으려고 도망 다니는 사람이 있는데, 그런 사람일수록 말하는 능력이 더 풍부할지도 모른다.

누구나 가지고 있는 능력이라도, 그 능력을 일깨우고 닦아나가지 않으면 자신감을 갖지 못한다. 화술도 마찬가지다.

이야기하는 것, 자신을 표현하는 것은 즐거운 일이다.

화술을 갈고닦아 자신감이 생기면, 생각하고 있는 일이나 하고 싶은 말을 자유롭게 표현할 수 있다. 자신을 적극적으로 표현하다보면, 그것이 얼마나 기쁜 일인가를 새삼 실감하게 될 것이다.

아무리 작은 것이라도, 의식적으로 무언가를 시작하지 않으면 그 기쁨을 결코 맛볼 수 없다. 누구도 대신해 줄 수 없는 것이 우리의 인생이기 때문이다.

1. 말의 시작

『영국의 정치가 팔머스턴 경이 테일러 경과 산책을 하고 있는데, 지나가던 한 노인이 인사를 했다.

"안녕하십니까?"

그러자 팔머스턴 경이 공손히 답례했다.

"고맙습니다, 덕분에. 요즘 건강상태는 어떠십니까?"

"여전합니다."

"좋아지셔야 할 텐데. 건강을 빌겠습니다."

"감사합니다."

노인과 멀어진 후, 같이 걷고 있던 테일러 경이 물었다.

"지금 그 노인이 누군가요?"

"잘 모르는 사람입니다."

"아니, 누군지도 모르는 사람인데 어떻게 건강상태에 대해 이야기를…… 그 노인이 몸이 좋지 않다는 것을 알고 계셨나 보죠?"

팔머스턴 경이 태연하게 대꾸했다.

"아니오. 그렇지만 그 나이쯤 되면, 한두 군데 아픈 데는 있지 않겠습니까?"』

매일 매일의 생활 속에서 뜻 없이 주고받는 우리의 말 한 마디가 주위사람들에게 여러 가지로 영향을 미쳐, 인간관계를 따뜻하게도 만들고 차갑게도 만든다. 그런가 하면 어떤 사람을 만나느냐에 따라 우리의 인생이 달라지기도 한다.

사람과 사람의 만남은 말을 거는 것에서부터 시작된다고 해도 과언이 아니다. 그만큼 '말'이 중요하다는 뜻이다.

우리는 누군가를 만나면 인사를 한다. 그렇다면 '인사'라는 행위를 왜 하는 것일까?

물론 인사는 관습이고, 예의이며, 형식이고, 상식이다. 그러나 자신의 존재를 상대방에게 알리기 위해서 하는 것이 아닐까 싶다.

우리가 상대의 존재를 인정하고 싶지 않을 때, 의식적으로 그 사람을 피하면서 아는 체를 하지 않는 것도 이와 무관하지 않을 것이다. 반대로 누군가를 만나 '안녕하세요?' 하고 말을 건다는 것은 상대의 인격이나 존재를 인정한다는 표시이며, 그것은 인사의 의미와 일맥상통한다.

인간은 누구나 자신을 사랑하며, 타인에게 인정받고 싶어한다. 또한 말 한 마디로 인해 즐거워하며 환호하기도 하고, 화가 나서 어쩔 줄 몰라 하기도 한다. 그것이 인간이란 존재의 속성인 것이다.

먼저 말을 걸어라.

따뜻한 말 한 마디로 다른 쪽을 바라보고 있는 상대방의 기분을 내 쪽으로 향하게 한 것처럼, 마음을 열고 상대에게 다가가서 적극적으로 관심을 표현해라.

2. 나쁜 말버릇

『 한 신부(神父)가 젊은 과부의 집에 자주 드나들었다. 그러자 이를 본 마을사람들이 수군대며 신부를 비난했다. 마을에는 금세 좋지 않은 소문이 퍼졌다.

그런데 얼마 후, 그 과부가 갑자기 세상을 떠났다. 암이었다. 그제야 마을사람들은 신부가 암에 걸린 젊은 과부를 위해 기도해 주고 위로하며 돌봐왔다는 사실을 알게 되었다.

며칠 후, 가장 혹독하게 비난했던 두 여인이 신부를 찾아와 용서를 빌었다.

그러자 신부는 그들에게 닭털을 한 봉지씩 나누어주며 들판에 나가서 바람에 날리고 오라고 했다.

얼마 후 여인들이 닭털을 날리고 돌아오자, 신부는 여인들에게 다시 그 닭털을 주워오라고 했다.

"이미 바람에 날아가 버린 닭털을 어떻게 주워오란 말씀입니까?"

두 여인이 울상을 지었다.

그러자 신부가 여인들의 얼굴을 뚫어지게 바라보면서 말했다.

"내가 그대들의 허물을 용서하는 것은 어렵지 않습니다. 그러나 당신들이 한 번 내뱉은 말은 다시 주워 담을 수 없습니다."

아무렇게나 무심코 내뱉는 말 한마디가 타인에게 치명적인 상처를 줄 수도 있는 것이다. 』

누구나 사람들과 어울려서 즐거운 대화를 나누고 싶어 한다. 함께 웃고 울고 기뻐할 친구도 갖고 싶어 한다.

그러나 마음속으로는 누구 못지않게 그것을 바라면서도, 적극적으로 사람을 사귀지 못하는 사람이 있다. 그런 사람일수록 자신은 이야기하는 데 소질이 없다고 지레 짐작하고, 말할 기회를 피하는 경우가 적지 않다.

대화하는 기술을 터득하지 않으면, 필요한 때에 필요한 말을 하는 것이 쉽지 않다. 자칫 상대가 말하는 대로 이끌려 다니거나 앞뒤 생각 없이 자기의 생각을 주장하다가 말싸움의 원인을 제공하기 십상이다.

하지만 말이 능숙하다거나 서툴다고 하는 것은 스스로 판단하는 것이 아니다. 판단은 상대가 하는 것이므로 스스로 대화가 서툴다고 결론내리는 것은 잘못이다.

말수가 적어 거의 말을 하지 않지만 상대방의 말을 아주 잘 들어주어 '이 사람과 말하는 것은 정말로 즐겁다'라고 느끼게 해주는 사람이 있는가 하면, 말하는 것이라면 어려울 것이 없으니 맡겨만 달라면서 자신감이 넘치는 사람 가운데도, 막상 듣는 사람 입장에서는 기분이 언짢을 정도로 말버릇이 나쁜 사람도 적지 않으니 말이다.

상대를 의식하지 않고 말을 하게 되면, 자신도 모르는 사이에 불필요한 말을 할 수도 있다.

따라서 상대가 무엇을 알고 싶어 하는지, 무엇을 원하는지를 항상 의식해야 한다. 그러다보면 상대에게 가까이 다가가려는 마음으로 인해 상대와 자연스럽게 맞추어 갈 수 있다.

말은 할 수 있는 범위에서 조금씩이라도 자주 해보는 것이 자신감을 키우는 데 도움이 된다. 평소에 가까운 사람들에게 말을 걸어보는 연습을 해보면 어떨까.

그런 다음 그 범위를 차츰 넓혀 가면 점점 여러 사람들과 대화를 즐길 수 있게 될 것이다. 분명, 세상이 넓게 보이고 사물을 보는 시각이 달라지는 새로운 경험이 될 것이다.

3. 용기 내어 말하기

『 태풍이 몰아친 간밤에 뜬눈으로 지샌 로버트는 이른 아침 자동차를 몰아 자신의 식료품 가게로 나왔다. 짐작했던 대로 가게는 엉망이었다.

차양은 바람에 날아가 버렸고 가게 안은 빗물로 가득 차 있어서, 한 달 정도는 가게 문을 닫아야 할 것 같았다. 그는 일단 물품들을 밖으로 꺼내 정리를 했다.

주변 다른 가게의 사정도 마찬가지였다. 아예 수리점에 연락하고 집으로 들어가 버리는 사람들도 있었다.

로버트는 다음날 텐트를 하나 가지고 가게로 나왔다. 그리고 가게 옆에 텐트를 치고 장사를 시작했다.

텐트 옆에는 다음과 같은 현수막을 내걸었다.

'이번 태풍으로 엄청난 피해를 입었습니다. 까딱하다간 가

게 문을 닫게 생겼습니다. 저희 가게에서 쇼핑하시면 감사하겠습니다.'

현수막을 본 손님들은 웃기 시작했고, 왁자지껄하며 가게 안으로 몰려들었다. 위트 넘치는 그 작은 텐트 가게를 그냥 지나칠 수 없었던 것이다.

그 일로 로버트는 오히려 훨씬 많은 매상을 올렸고, 단골을 더 많이 확보하게 되었다.

태풍으로 인한 피해가 결과적으로 로버트에게 행운을 가져다준 셈이었다. 』

첫 대면하는 사람이나 그다지 친하지 않은 사람에게 먼저 말을 건다는 것은 누구에게나 불안하고 썩 내키는 일이 아니다. 더구나 자기가 먼저 다가가 말을 거는 일에 익숙하지 않은 사람이라면, 그만 꽁무니를 빼고 싶어지는 것도 무리는 아니다.

그러나 이것만큼은 스스로 노력하지 않으면 어쩌지 못하는 일이다.

모르는 사람한테 말을 걸 때는 먼저 상대의 기분을 고려하는 것이 중요하다. 대화가 서툴러서 그것을 고치고 싶다면 자기 나름의 방법이나 기회를 찾아내고, 용기를 내어 말을 거는 노력이 필요하다.

4. 화제 궁리하기

『 캘빈 쿨리지는 미국의 역대 대통령 가운데 과묵하기로 유명했던 사람이다. 그는 한 마디로 '침묵의 입'으로 통했다.

대통령이 되기 전인 부통령 시절, 그가 한 연회에 초청받 았을 때의 일이다. 그날도 그는 주변사람들과 이야기도 나누 지 않고 꿀 먹은 벙어리처럼 앉아 있었다. 옆자리의 숙녀 한 사람이 용기를 내어 말을 걸어보았다.

"워싱턴은 어떻습니까? 여기 보스턴과는 다른가요?"

"네."

너무 간단한 대답에 민망한 숙녀는 조금 더 말을 시켜보고 싶었다.

"설명 좀 더 해주세요. 네?"

쿨리지는 마지못해 좀더 길게 대답했다. 그 대답은 이랬다.

"방금 말했잖아요."

또 어떤 연회에서는 옆자리에 대통령인 씨어도어 루스벨 트의 딸 앨리스가 앉게 되었다. 앨리스는 무척이나 수다스러 운 여자였다.

옆사람과 한참 수다를 떨던 앨리스는 침묵을 지키고 있는 쿨리지에게 말을 시켰다.

"심심하지 않으세요?"

"괜찮아요."

"아버님은 당신을 굉장히 칭찬하시던데요."

"아, 그래요?"

이렇게 쿨리지의 대답은 간단하기만 했다. 이것저것 말을 시켜보아도 쿨리지의 반응이 시원치 않자 앨리스가 심통스럽게 말했다.

"침묵을 좋아하시는 부통령님, 이제는 이런 연회가 지겹고 싫증나지 않으세요?"

"……."

"그런데 왜 이런 연회에 참석하세요?"

쿨리지는 담담한 표정으로 대답했다.

"어디서든지 먹기는 먹어야 하니까요."

이후, 쿨리지는 대통령 자리에 올랐다.

한 기자가 대통령 쿨리지에게 질문했다.

"각하의 정치적 성공 비결은 무엇이라고 생각합니까?"

"그건 매우 간단합니다. 나는 항상 귀 기울여 남의 말을 들으며, 내 갈 길을 간 것뿐입니다." 』

사람들은 말할 재료를 가지고 있지 않으면서도 그 재료를 늘리려는 노력을 하지 않는다. 이것이 문제다.

평소에 말이 없는 사람이라도 화제가 흥미진진한 내용이라면 자기도 모르게 분위기에 휩싸여 열중해서 말하게 된다.

무엇인가에 감격했을 때나 자신이 관심 갖고 있는 취미가 화제로 나오면, 한마디 하고 싶어 근질거려하는 게 일반적인 현상이다.

또한 사람은 자기가 좋아하는 일이나 잘 알고 있는 것은 적극적으로 말하고 싶어 하며, 그 부분에서는 말을 잘한다.

이처럼 호기심을 갖고 바라보면 많은 것들이 이상하고 신기하고 재미있고 신선하게 빛날 것이다. 그러면 화제는 얼마든지 만들어지게 된다.

때로는 실수를 할 때도 있을 것이다. 그러나 실수는 누구나 하는 법이다.

실수하더라도 당황하거나 기죽지 말라. 말하는 방식을 바꿔가며 화제를 쌓아가는 훈련을 계속해라. 그러다보면 조금씩 자신감도 생기고 화제에도 광택이 생기게 될 것이다.

5. 배려하는 말하기

『 프랑스의 유명한 희극 배우 베크만이 어느 날 연극 평론가를 모욕했다고 해서 문제가 되었다.

명예 훼손으로 고소당한 베크만은 마침내 그 평론가의 집에 가서 증인 입회하에 정중하게 사과하기로 합의를 했다.

약속된 날, 평론가는 증인들과 함께 베크만이 나타나기를
기다렸다.

이윽고 약속 시간이 되었고, 잠시 후 현관의 벨이 울렸다.
평론가가 현관문을 열자, 베크만이 반쯤 열린 문틈으로 머리
를 들이밀며 말했다.

"여기가 상인 슐체 씨 댁입니까?"

평론가는 어이없어하며 이상하다는 얼굴로 대꾸했다.

"아니오. 여기가 아닙니다만……."

그러자 베크만이 매우 정중하게 사과했다.

"아, 대단히 죄송합니다."

그리고는 재빨리 자취를 감추고 말았다. 』

일상적인 대화에서는 서로 이야기하고, 서로 듣는 것이
자연스런 모습이다. 어느 한쪽이 이야기하면 다른 한쪽은
듣게 된다. 따라서 말을 하거나 들을 때 상대를 배려하는
마음이 필요한 것이다.

하지만 세상에는 거만한 자세로 사람을 대하는 습관을
가진 사람도 있다. 특별한 위치에 있는 것도 아닌데 본성이
그런 것이다. 이런 사람은 대화를 나눌 때도 얼굴에 거만함
이 가득하여 목 뒤에 막대라고 받쳐주고 싶어질 정도다.

반대로 불필요하게 머리를 조아리고 겸손해하는 사람도

있다. 그러나 겸손이 지나치면, 그 또한 상대방을 불편하게
만들 수 있으므로 주의해야 한다.

　하지만 가장 중요한 것은, 무엇보다도 상대방의 결점을
들추지 않으려고 세심하게 마음 쓰는 배려이다.

평소의 언어습관이 자녀를 성장시킨다

1. 말의 시작
먼저 던지는 따뜻한 말 한 마디가 다른 쪽을 바라보고 있는 상대방의 기분을 나에게로 향하게 만든다.

2. 나쁜 말버릇
상대를 의식하지 않고 말을 하게 되면, 모르는 사이에 불필요한 말을 할 수도 있으므로 유의해야 한다.

3. 용기 내어 말하기
대화가 서툴러서 그것을 고치고 싶다면 자기 나름의 방법이나 기회를 찾아내고, 용기를 내어 말을 거는 노력이 필요하다.

4. 화제 궁리하기
호기심을 갖고 바라보면 많은 것들이 이상하고 신기하고 재미있고 신선하게 빛날 것이다. 그러면 화제는 얼마든지 만들어지게 된다.

5. 배려하는 말하기
가장 중요한 것은, 상대방의 결점을 들추지 않는 배려이다.

칭찬의 힘

1판 1쇄 · 2005년 11월 10일

지 은 이 · 이창호
펴 낸 이 · 채주희
펴 낸 곳 · 해피&북스

등록번호 · 제 13-1562호(1985. 10. 29)
주   소 · 서울시 마포구 합정동 433-62
전   화 · (02) 323-4060, 322-4477
팩   스 · (02) 323-6416
이 메 일 · elman1985@hanmail.net

I S B N · 89-5515-324-4   03810

해피&북스에서 〈칭찬의 힘〉을 발행하며
'칭찬의 힘' 주인공을 찾습니다!

아름다운 당신을 '칭찬의 힘' 주인공으로 모십니다.
그래도 세상이 살 만하다고 느끼게 해주는 그 사람을 알려주십시오. 자녀, 부하직원, 제자, 친구, 주변사람 등……

'칭찬의 힘'을 보여주신 분에게는 〈칭찬의 힘〉 판매 수익금 중 일부를 지원하겠습니다.
'칭찬의 힘'의 주인공이 될 만한 사유를 적으신 다음 우측 하단의 '응모권'을 오려서 아래 주소로 같이 보내주시면, 저자와 함께 심사하여 추후 발표하겠습니다.
또한 응모해 주신 분과 그 주인공에게는 '칭찬의 힘'의 상징인 배지와 함께 본사에서 발행한 책을 각 1권씩 보내드리겠습니다.

주　소 · 서울 마포구 합정동 433-62
　　　　　 해피&북스 〈칭찬의 힘〉 담당자 앞
이 메 일 · elman1985@hanmail.net
전　화 · (02) 323-4060
1차마감 · 2005년 12월 31일
※ 보내시는 분의 이름과 연락처(전화번호, 주소)를 반드시 적어 주십시오.

'칭찬의 힘'
응모권
해피&북스